国际动物小说品藏书系

花颈鸽传奇

沈石溪◎主编

[美]丹·戈帕尔·慕克吉　著

陈耀锐　译

时代出版传媒股份有限公司

安徽少年儿童出版社

图书在版编目(CIP)数据

花颈鸽传奇 / (美)丹·戈帕尔·慕克吉著;陈耀锐译;沈石溪主编.
—合肥:安徽少年儿童出版社,2017.3(2022.5 重印)
(国际动物小说品藏书系)
ISBN 978-7-5397-9461-7

Ⅰ.①花… Ⅱ.①丹… ②陈… ③沈… Ⅲ.①儿童小说 – 长篇小
说 – 美国 – 现代 Ⅳ.①I712.84

中国版本图书馆 CIP 数据核字(2017)第 019638 号

沈石溪 / 主编

GUOJI DONGWU XIAOSHUO PINCANG SHUXI HUAJINGGE CHUANQI

[美]丹·戈帕尔·慕克吉 / 著

国际动物小说品藏书系·花颈鸽传奇

陈耀锐 / 译

出版人:张　堃　　　　　策划统筹:陈明敏　　　　责任编辑:陈明敏
特约校对:田　芹　　　　　装帧设计:侯　建　　　　责任印制:朱一之
封面绘图:张思阳　　　　　内文插图:樊翠翠　方　波
出版发行:安徽少年儿童出版社　E-mail:ahse1984@163.com
　　　　　新浪官方微博:http://weibo.com/ahsecbs
　　　　　(安徽省合肥市翡翠路 1118 号出版传媒广场　邮政编码:230071)
　　　　　出版部电话:(0551)63533536(办公室)　63533533(传真)
　　　　　(如发现印装质量问题,影响阅读,请与本社出版部联系调换)
印　　制:阳谷毕升印务有限公司
开　　本:635mm × 900mm　　1/16　　印　张:13　　字　数:120 千字
版　　次:2017 年 3 月第 1 版　　　2022 年 5 月第 14 次印刷

ISBN 978-7-5397-9461-7　　　　　　　　　　　　定价:40.00 元

动物小说的灵魂

沈石溪

20世纪上半叶，西方生物学派生出一门新的边缘学科——动物行为学。传统生物学与动物行为学在学术观念、观察角度、研究手段和考察方法等方面都有显著差异。传统生物学注重被研究者的共性，热衷于调查物种的起源、种群分布的情况，给形形色色的动物分门别类，根据动物的生理构造和特化器官，确定该归于什么纲什么目什么类什么科什么属；分析动物的食谱，解释某种动物与某种环境的依存关系；观察动物的发情时间与交配方式，了解动物的繁殖机制等。动物行为学家对动物的社会结构、情感世界和个体生命的表现投注了更多的研究热情，透过动物特殊的行为方式，从生存利益这个角度，来寻找产生这些行为的原因；在研究动物行为的同时，其严肃理性的目光也注视着人类的行为，在动物行为与人类行为间勾画出一条清晰可辨的精神脉络，给人类以外的另类生命带去温暖的人文关怀。

我喜欢读动物行为学方面的书。每当偷得浮生半日闲，躺在摇椅上，捧一杯清茶，翻开奥地利动物学家、诺贝尔生理学或医学奖获得者、动物行为学创始人康拉德·劳伦兹的《攻击与人性》，或者浏览美国生物学家、动物行为学先锋斗士 E.O.

威尔逊的名著《昆虫社会》，或者阅读西方最负盛名的动物行为学家罗伯特·杰伊·罗素的力作《权力、性和爱的进化——狐猴的遗产》，总是深深地被大师们严谨的作风、渊博的知识、犀利的目光、翔实的资料、风趣的语言和无可辩驳的论点所折服，心灵上受到强烈震撼，精神上产生巨大共鸣。我相信，动物行为学具有无限广阔的发展前景，能找出人类行为发生偏差的终极原因，是医治人类社会种种弊端的灵丹妙药，为人类把握正确的进化方向提供了牢靠的坐标。

这也许是我个人的偏爱，有点言过其实了。可动物行为学家们通过长期观察动物生活得到的许多例证，确实对人类社会具有振聋发聩的作用。

例如，关于大熊猫为什么会濒临灭绝，一般认为有两个原因：一是人类大量开荒种地破坏了大熊猫的生存环境，二是大熊猫食谱单一，只吃箭竹，属于适应性较差的特化动物。但动物行为学家却另辟蹊径，经过大量调查研究后认为，大熊猫濒临灭绝除了环境和食谱外，还有另外两个原因：第一，大部分动物都有巢穴，尤其是母动物产崽期间都要寻找一个隐蔽安全的地方当作自己的窝，而大熊猫是典型的流浪者，头脑中没有"家"的概念，它们追随食物四处游荡，吃到哪里睡到哪里，产崽育幼期的母熊猫也同样如此，颠沛流离的生活对刚刚出生的幼崽来说显然是有害无益的，风餐露宿，再加上食肉兽的侵害，幼崽存活的概率很小；第二，丛林里凡生存能力不是特别强，而幼崽又须经过很长一段时间精心养育才能独立生活的动物，如狼、豺、狐、獾、鼠和鸟类等，大多实行双亲抚养制，

2

雄性和雌性厮守在一起,共同养育后代,而大熊猫生性孤僻,雌雄间感情淡漠,发情时雌雄凑合在一块做一回露水夫妻,完事后各奔东西,谁也不认识谁,清一色的单亲家庭,母熊猫单独挑起抚养幼崽的重担,母熊猫通常一胎产双崽,但过的是没有窝巢的流浪日子,不可能一条胳膊抱一只幼崽走路,又没有配偶替它分担困难,只有在两只幼崽中挑选一只抱走,另一只幼崽就遗弃荒野了。单身母亲的日子过得很艰难,遭遇危险时找不到帮手,头疼脑热时得不到照应,稍有不慎,唯一的幼崽便会夭折,繁殖后代、延续生命的链条就此断裂。

反观人类社会,许多人不珍惜温馨的家,把家看作累赘,把家看作牢狱,弃家不顾、离家出走、天涯飘零,去过所谓的潇洒生活,面对大熊猫濒临灭绝的事实,难道还不该及时醒悟吗?再看如今社会上越来越多的单亲家庭独木难支的困窘,是不是也该从大熊猫生存路上艰难的步履中吸取某种教训?

在动物面前,人类常常犯自高自大的错误。人类有一种根深蒂固的偏见,总认为自己是高等生灵,动物都是低等生灵;自己是天地间的主宰,动物是任人摆布的畜生。不错,人类是地球上进化最快的一种动物,会直立行走,会使用语言文字,用勤劳的双手和智慧的头脑创造出了无与伦比的现代文明。然而,人是由动物进化来的。地球上存在生命已有数亿年时间,人类的历史不过几千年,人这种动物在进化成人以前曾经过漫长的动物阶段,动物的本能、本性在人类身上根深蒂固,人类不可能在几千年短暂的进化过程中就把在数亿年中养成的动物性荡涤干净。科学家证实,文化属性与生物属性是构成人的行为的两大要素。人的一部分行为受制于社会大文化,传统势力、伦理道德、风俗习惯、政治说教、宗教戒条、法律法规、民情民风、乡规民约不断修正和规范你的所作所为,迫使你去做这件事而不去做那件事,这就是人类行为的文化动因。人的另一部分行为受制于生物本能,贪婪好色、权欲熏心、天性好斗、自私自利、妄自尊大、好逸恶劳、贪图口福、嫉妒心理等负面因素又时时让你产生难以抑制的冲动,驱使你去做那件事而不去做这件事,这就是人类行为的生物动因。假如某人的行为既出于合理的生物本能,又符合社会大文化的要求,他就是一个真实自然的好人;假如某人的行为完全抑制生物本能去迎合社会大文化的苛刻要求,存天理灭人欲,他就是一个虚伪矫情的假人;假如某人的行为放纵生物本能,弃社会大文化于不顾,他就是一个凶残狠毒的坏人。有一个观点认为,人类一半是天使一半是魔鬼,讲的就是这个道理。

动物行为学剖析发生在动物身上有利于生存的、合理的、善的行为准则,让人类学习借鉴,变得更像天使;揭示发生在动物身上不利于生存的、荒谬的、恶的行为准则,让人类铭记教训,更自觉地远离魔鬼。

曾有某药物研究所做过这么一个令人发指——不——是令动物发指的实验:为了证实某种戒毒药物是否有效,人们给一只红面猴注射了毒品(实验本身就证明了人类对待动物是何等霸道、残忍和阴险。人类自己心灵扭曲得还不够,自己被海洛因毒害得还不够,还要把罪恶强加在无辜的动物身上)。两三次后,可怜的红面猴就成了吸毒者,一见到穿白大褂的管理员,立刻就会从铁笼子里伸出手臂,哀哀叫啸,恳求人们替它在静脉血管上打针。倘若人们不满足它的要求,它就会用自己的脑袋撞铁笼子,撞得头破血流也在所不惜;假如还不能达到目的,它就咬自己的爪子和身体,把自己咬得满身血污。一旦人们掏出注射器,它就会跪伏在地下,猴嘴从铁栏杆间伸出来,谄媚地亲吻管理员的裤腿和鞋。过去它在动物园生活时曾被热水瓶里的开水烫过一下,由于条件反射,平时最怕看见热水瓶了,远远看见有人提着热水瓶走过来便会吓得躲起来。有一次它毒瘾发作,手臂从笼子里伸出来,工作人员提着热水瓶来吓唬它,它竟然无动于衷,将开水淋在它的手臂上它也不肯把手臂缩回去。这只雄红面猴被买来做实验品前,曾与一只雌红面猴相好。据动物园饲养员介绍,这对红面猴青梅竹马、卿卿我我,感情很甜蜜。饲养员把那只雌红面猴牵了来,把雌雄两只猴子关进同一只铁笼子,希望能由此减弱雄红面猴对毒品的过分依赖。它们分开也不过二十来天,天涯苦相思,意外又重逢,正所谓"小别胜新婚",那雌红面猴见到雄红面猴,激动得浑身颤抖,恨不得立刻与之紧紧拥在一起,但雄红面猴却面无表情,冷冷地瞥了对方一眼,就像看到一只陌生猴一样没有任何反应。过了一会儿,雄红面猴毒瘾上来了,哈欠连天,鼻涕口水滴滴答答,抓住铁栏杆使劲摇晃,发出哀叫声。管理员从甬道走过来,雄红面猴迫不及待地将手臂从铁笼子里伸出去。雌红面猴出于好奇,也趴在笼壁上看热闹。雄红面猴大概以为雌红面猴要同自己争抢毒品,勃然大怒,揪住雌红面猴,穷凶极恶地大打出手,下手比打冤家还狠,啃下一口口猴毛,抓出一道道血痕。要不是管理员闻讯赶来,打开铁门救出遍体鳞伤的雌红面猴,后果不堪设想。雄红面猴被人类强行注射毒品后的行为表现,与人类社会的瘾君子如出一辙,丝毫没有区别,同样丧失理智、丧失人格、丧失自尊,感情冷漠,道德沦丧,成为一具地地道道的行尸走肉。

实验的结果颇出人意料又耐人寻味,戒毒药物也不起什么作用。由于过量注射海洛因,雄红面猴奄奄一息,整整两天不吃不喝,有气无力地躺在地上,眼皮耷拉,连叫都叫不出声了,只有那条布满针眼的手臂还顽强地伸出铁笼子,手掌朝上,瑟瑟发抖地做乞讨状。药物研究所决定给它注射最后一针大剂量毒品,减少它临终前的痛苦,让它在虚幻的快感中结束生命,也算是人类的一种仁慈;同时也决定,将那只雌红面猴牵来继续做相同的实验。

拿着注射器的管理员和那只雌红面猴几乎同时来到铁笼子旁。雄红面猴混浊的眼光落在雌红面猴身上,就像快要燃尽的炭火被风一吹又短暂地烧旺,那双垂死的眼睛里骤然发出一道骇人的光芒。就在管理员的针头快要刺进雌红面猴静脉血管的那一瞬间,雄红面猴奇迹般地"复活"了,它伸出铁笼子的前爪突然抓住管理员的手腕,把那手腕拖进铁笼子里去,张开嘴,一口咬住管理员的手掌。管理员撕心裂肺地惨叫起来,那只灌满毒品的注射器掉在地上,摔得粉碎。人们赶紧来帮管理员,七手八脚地强行将猴嘴撬开。雄红面猴已经气绝身亡,那双猴眼却还瞪得溜圆,一副满腔怨恨、死不瞑目的可怕模样。雄红面猴在生命的最后一刻幡然醒悟,天良发现,为了抗议人类的暴行，也为了不让自己所爱的雌红面猴步自己的后尘，做出了一只垂死的猴子所能做出的反抗行为。较之人类社会那些执迷不悟、心甘情愿地在毒品的泥潭里越陷越深的瘾君子和那些为了自己发财致富而不惜将千家万户推入"火坑"的毒贩子，雄红面猴似乎更配"人"这个高贵的称呼。

人和动物之间并不存在不可逾越的鸿沟，人和动物之间的差别也并没有我们想象的那么大。在某些领域，人和动物的差距是微乎其微的，仅仅隔着一根头发丝的距离。稍有不慎，人就有可能变得像动物一样，甚至还不如动物。

我们只要用心去观察，就不难发现，在情感世界里，在生死抉择关头，许多动物所表现出来的忠贞和勇敢，常常令我们人类汗颜，让我们自愧弗如。

这就是动物小说的灵魂，这就是动物小说能超越时间和空间，为世界各地不同民族、不同肤色的一代又一代读者所喜爱的原因。

是为序。

目　　录

第一章　花颈鸽的出生 ……………………… 001

第二章　展翅飞翔 …………………………… 009

第三章　方向感的训练 ……………………… 019

第四章　美丽的喜马拉雅山 ………………… 025

第五章　心爱的鸽子你在哪里 ……………… 047

第六章　独闯世界 …………………………… 061

第七章　勇敢探险 …………………………… 066

第八章　神奇的世界 ………………………… 076

第九章　战争在召唤 ………………………… 091

第十章　为战争而训练 ……………………… 101

第十一章　甜蜜的爱 ………………………… 119

第十二章　为人类而战 ……………………… 127

第十三章　第二次历险 ……………………… 139

第十四章　外出侦查 ·············· 145

第十五章　死里逃生 ·············· 155

第十六章　厌恶与恐惧都消失了 ·················· 163

第一章
花颈鸽的出生

　　印度的加尔各答市只有一百多万人口，却拥有两百万只鸽子。每三个印度的小男孩中的一个可能就养着很多只不倒翁、扇尾鸽或者球胸鸽，可见在印度养鸽子是很常见的。

　　其实在印度，驯养鸽子的历史从几千年前就开始了。通过这么多年的培育，印度的鸽子爱好者们培育出了两种特别的鸽子品种，那就是扇尾鸽和球胸鸽。

　　印度的历代皇帝、王子和王后们生活在用大理石做成的金碧辉煌的皇宫里，他们也都喜欢养鸽子，并且对鸽子们十分关爱，即使是那些贫穷的家庭对待鸽子也是非常友好的。在印度寻常人家的花园里、果树上，还有郊外肥沃的土地上、各种洞穴中……都能找到美丽动人的、可爱的小动物——颜色各异、咕咕叫个不停的鸽子们。他们长着像红宝石一样的眼睛,机警而灵活。

即使在冬天的早晨,在那些平房的前面,也会有许多男孩在摇着白色的旗子,训练自己的鸽子。天气那么寒冷,孩子们对于训练鸽子的热情却依然不减。

在印度,一年四季都可以看到一大群一大群的鸽子在蓝色的天空中飞来飞去,就像一片片洁白的云朵。

一开始,只有很少的几只鸽子在他们主人的房顶上盘旋,大约二十分钟之后,他们会慢慢地越飞越高。那些在不同屋顶上盘旋的小群的鸽子们会在上空会合到一起,变成一大群鸽子,随后越飞越远,最后淡出你的视线。所有人都很好奇后来鸽子们是怎么飞回自己主人家的——尽管所有的房子颜色都不一样,有红色、黄色,还有紫色和白色,但是所有房子的屋顶都是一样的造型,鸽子们居然还能从其中辨识出自己主人的家,这真是一个奇迹!

其实,这是因为鸽子们拥有一种奇特的方向感,而且他们对自己的主人都很忠诚。在我看来,鸽子和大象是最忠诚的两种动物了。这两种动物我都养过。无论是在乡下用四条腿走路的大象,还是城市里用两只翅膀飞行的鸽子,不管他们走多远,最后都会回到他们像朋友、家人一般的主人身边。好像他们都拥有一种本能,无论

走多远都能够找到他们的主人。我的大象朋友叫作卡利，你之前可能听说过，我还有一个宠物是一只鸽子，他的名字叫作西特拉·葛瑞瓦。西特拉的意思是"美丽的颜色"，葛瑞瓦是"脖子"的意思，这两个词组在一起的意思就是"花颈鸽"。有时候，我也会叫他"彩虹脖子"。当然，我这么叫花颈鸽并不是因为他一从蛋壳里孵出来就非常的好看，花颈鸽的羽毛是慢慢地长起来的，直到他三个月大的时候羽毛才出现一点点彩色。那时，我想他以后应该会长成一只漂亮的鸽子。花颈鸽长大之后的确很漂亮，而且他成了我们镇上所有小男孩养的四万多只鸽子中最漂亮的一只。

故事的开始我得先说说花颈鸽的爸爸和妈妈。花颈鸽的爸爸是一只不倒翁，他和他遇到的最漂亮的一只鸽子结了婚，组成了家庭。花颈鸽的妈妈来自一个古老而高贵的信鸽家庭。而在故事的最后，花颈鸽也证明了无论是在和平年代还是战争年代，他都是一只非常好的信鸽。花颈鸽从他的母亲身上继承了智慧，从他的父亲身上继承了勇气和机警。花颈鸽非常机灵，反应很快，他曾经在一只老鹰的爪子下逃生。那时候他正在老鹰的头顶上方盘旋着，但是在老鹰发现他的危急时刻，他还是幸运地逃走了。当然那是后来的事了，花颈鸽是在漫长的岁月之中慢慢地成长的。

当时，那个将会经历危险并逃脱的花颈鸽还没有被孵出来。花颈鸽的妈妈生了两个蛋，我犯了个错误——不小心把其中一个打破了。当时我真的太笨了，时至今日我还是很后悔，但是事情就那么发生了，谁也无法控制，后悔也不能改变什么。

　　我家的房子有四层楼那么高，房顶上就是鸽子们的家。在花颈鸽的妈妈生下花颈鸽和另一个蛋之后的几天，我决定去打扫屋顶。花颈鸽的妈妈每天都蹲在窝里孵蛋，于是我把花颈鸽的妈妈轻轻地抱了起来，放到了旁边，然后又很小心地把两个鸽蛋轻轻地放在旁边的一个鸽子窝里。这个鸽子窝里既没有放棉花，也没有放法兰绒，就这样放在硬硬的木地板上，可是当时我并没有太在意，只是忙着打扫花颈鸽的妈妈生蛋的那个鸽子窝，想把它清理干净。清理完之后，我拿起一个鸽蛋放回了原来的鸽子窝里，放稳后，我又小心翼翼地去拿第二个鸽蛋。可就在那时，不知道什么东西落在了我的脸上，事情发生得太突然，我都没有反应过来那是花颈鸽的爸爸，他以为我要伤害他的孩子，正用翅膀用力拍打我的脸，很生气地攻击我。接下来，更恐怖的事情发生了，花颈鸽的爸爸又用一只脚爪钩住了我的鼻子。我疼得要命，受了很大的惊吓，慌忙中丢下了手中的那个鸽蛋。我一腾出手来，就把花颈鸽的爸爸从我头上赶下来，因为

花颈鸽传奇

实在太痛了。他终于飞走了，我总算松了一口气。但是我丢下的第二个鸽蛋已经在我脚旁碎成了一摊。看到碎了的鸽蛋，我又气又懊恼，既气花颈鸽的爸爸偏偏在这个时候来捣乱，又懊恼自己把拿在手里的鸽蛋给丢了。我悔恨不已，早该想到要在事前提防，花颈鸽爸爸看见我动他的孩子们肯定会误以为我是偷鸽蛋的小偷而飞过来阻止我，可是我却没有提前做好准备。我要借这个意外来提醒那些养鸽子的人：清理鸽子窝时，随时都可能有意外情况发生，要提前做好准备，不要像我一样造成不可挽回的遗憾。

在花颈鸽的妈妈生下鸽蛋之后的第二十天，我注意到花颈鸽的妈妈不再孵蛋了。每当花颈鸽的爸爸飞回窝里想替代花颈鸽的妈妈孵蛋时，花颈鸽的妈妈就用嘴巴啄他，把他从窝里赶出去。花颈鸽的爸爸不情愿地咕咕叫着，就像在说："你为什么要把我赶走呢？"

而花颈鸽的妈妈就会接着用嘴巴啄他，好像在说："请你赶快离开，我有很重要的事情要做呢！"

于是，花颈鸽的爸爸只好离开了。那个时候我看到这种现象很担心，我不知道还在蛋壳里的花颈鸽是什么情况，为什么他的妈妈那么反常呢？为什么她要把花颈鸽的爸爸赶走？我既好奇，又很着急，忍不住跑到了屋顶上的鸽子屋里，想看看到底发生了什么。我在鸽子屋观察了一个小时，但什么都没有发生。我耐着性子又等了大约四十五分钟，只见花颈鸽的妈妈转过头，静静地盯着那个鸽蛋，好像确实有什么细微的声音从里面传出来。接着，花颈鸽的妈妈就开始行动了，她的身体好像突然颤动了一下，似乎下了很大的决心。她慢慢抬起头，用自己的嘴对准了鸽蛋，啄了两下蛋壳，蛋壳就开了，里面有一只很小的鸽子，他的身体还在颤抖，似乎对这么突然地来到这个世界还感到不习惯，这就是花颈鸽。

过了一会儿，花颈鸽看着他的妈妈，好像对周围的环境很吃惊。他在蛋壳里等待了这么多天就是为了来到这个世界上，可是这个世界对他来说是那么的陌生，他还那么小，那么无助，什么都不懂。于是，花颈鸽一下子就把头缩进了胸口的羽毛里，他害怕这一切，他想躲起来。

我永远也忘不了花颈鸽出生的那一天，花颈鸽的妈妈也一定还记得，她用自己的嘴敲开了蛋壳，迎接她的孩子——花颈鸽来到这个世界。

花颈鸽是一只公鸽子，当蛋壳破开的时候，他还愣愣地坐在蛋壳里，不知道自己已经来到了这个世界。我感到神奇的是，花颈鸽的妈妈就是那么肯定她的孩子会在这个时刻来到世上，她清楚地知道蛋清和蛋黄从何时开始变成了一只小鸽子的，就像鸽子宝宝和妈妈之间一直悄悄地传递着信号。更奇怪的是，鸽子妈妈还知道从哪个位置把蛋壳打破，这样就一点都不会伤害到她的孩子。花颈鸽的出生于我而言就像一个谜团，是那样的神奇。

第二章
展 翅 飞 翔

　　在鸟类的世界里有两个很奇妙的场景：一个是鸟妈妈们啄开蛋壳迎接她们的孩子来到这个世界上的场景，另一个就是鸟妈妈们孵化和喂养自己孩子的场景。

　　花颈鸽是在他的爸爸和妈妈共同的专心孵化下慢慢成形的，就像人类的孩子在妈妈的肚子里慢慢成形一样。爸爸妈妈的共同关爱给了还在蛋壳里的花颈鸽温暖和快乐，正是因为这样，他才会慢慢地健康成长。父母的关爱对于孩子们来说就像是食物一样，有了关爱，他们才能茁壮成长。当花颈鸽从蛋壳里破壳而出来到这个世界后，他们的鸽子窝里就不需要再放太多的棉花或法兰绒来保持温度了，不然就会太热了。有些无知的鸽子爱好者们并不知道，小鸽子在慢慢长大的过程中，他们的身体里会散出越来越多的热量，不再需要外界供给热量了。另外，我觉得在小鸽子长大的过程中最好不要经常去打扫鸽子洞，因为鸽子洞里的一切都是小鸽子的爸爸妈妈们带来的，那些东西都会让小鸽子觉得开心和快乐。我记得非常清楚，从花颈鸽出生的第二天开始，每当小花颈鸽的爸爸或者妈妈飞回他们的鸽子洞的时候，他就知道要张开嘴，伸展开自己长着淡粉色羽毛的身体，等着爸爸和妈妈喂他食物，那样子真的很可爱！接下来，花颈鸽的爸爸或者妈妈就会把自己的嘴伸进小花颈鸽张得大大的嘴里面，然后他们会把自己之前吃的东西喂给小花颈鸽吃。我还注意到，小花颈鸽的爸爸和妈妈每次喂给他的都是很柔软的食物。所有的鸽子父母们都不会把一些坚硬的种子喂给他们的孩子吃，即使鸽子宝宝长到一个月那么大了，他们也不会这么做。他们每次都会先把种子吃到自己的喉咙里，等种子慢慢变软了，才会喂给自己的孩子们。

　　小花颈鸽真的很能吃，他的爸爸和妈妈一个要飞出去忙着为他找食物，另一个还要陪在他的身边。通过观察，我发现花颈鸽的爸爸吃的苦绝对不会比花颈鸽的妈妈少。在他的爸爸和妈妈的共同努力下，小花颈鸽长得非常快，他身上的淡粉色慢慢变成了淡黄色，还有一点点的白色，这说明小花颈鸽要长羽毛了。在接下来的日子里，淡黄色的绒毛又慢慢变成了一根一根白色的羽毛，每根羽毛都很硬，就像箭猪身上的那些针一样。同时，原来在小花颈鸽嘴边和眼睛旁边挂着的一些黄色的东西也渐渐不见了。小花颈鸽的尖尖的嘴巴也长了出来，而且慢慢变得越来越硬、越来越尖、也越来越长了，看起来就和已经长大的鸽子的嘴巴一样坚硬了。

等到小花颈鸽从蛋壳里出来差不多三个星期的时候，一只蚂蚁爬进了小花颈鸽住的鸽子洞里，当时小花颈鸽正坐在鸽子洞的入口处。小蚂蚁慢慢地从花颈鸽的身边经过，小花颈鸽本能地一下子用自己尖尖的嘴巴向小蚂蚁啄了过去。之前也没有谁教过他去咬别的动物，可是他就是那么聪明地知道该怎么做。结果，那只小蚂蚁的身体被小花颈鸽啄成了两半，然后小花颈鸽低下头想看看到底是什么东西。小花颈鸽当然不知道那是一只蚂蚁，他刚来到这个世界上没有多久，对于很多东西都很陌生。他当时就理所当然地认为那只黑色的小蚂蚁是他平时吃的谷物种子，他并不知道自己杀了一只无辜的、只是路过这里却并不想伤害他的小蚂蚁，但是不知者无罪，我们就当小花颈鸽当时很惭愧吧！因为在后来的日子里，花颈鸽再也没有杀过一只蚂蚁。

等小花颈鸽五个星期大的时候，他就可以自己走出他出生的那个窝，然后走到附近装水的器皿里喝水了。

可是那个时候，花颈鸽还是需要他的爸爸和妈妈来给他找食物，尽管他自己每天也都在尝试着飞起来去找食物。

有时候我会和小花颈鸽玩，他站在我的手腕上，时不时地从我的手掌中啄一粒米吃。他不会立刻就把那粒米吃下去，而是在喉咙里转一会儿再吞下去，他就是这样自己玩耍的。每次那样玩的时候，小花颈鸽就会抬起头，直直地看着我的眼睛，好像在对我说："我做的是不是很好？等会儿我爸爸妈妈晒完太阳从屋顶上飞下来时，你一定要告诉他们我有多么聪明！"

其实在我养过的所有鸽子里，花颈鸽是最慢学会这么做的。那个时候，我又发现了一件事。我以前一直很好

奇鸽子们在沙尘暴中飞的时候为什么不会迷路，这次我揭开了这个谜团。我每天都观察慢慢长大的花颈鸽，有一天，我发现他的眼睛上覆盖着一层薄膜，当时我还很担心小花颈鸽的眼睛是不是瞎了。我把花颈鸽从鸽子洞里带到了外面，在明亮的阳光下仔细检查他的眼睑。果然没错，他的眼睑上覆盖着一层薄薄的像纸巾一样的东西。后来，每次我把他放在阳光下的时候，他的眼睑上都会露出那层薄膜。再后来，我才知道那层薄膜是保护鸽子眼睛的，而且有了那层薄膜，鸽子们就可以在沙尘暴中飞行，也可以朝着太阳飞行，却不觉得晃眼了。

又过了两个星期，小花颈鸽已经慢慢学着怎么去飞行了，这可不是一件简单的事情。虽然花颈鸽一出生就长着翅膀，但是飞行是要慢慢学习、不断尝试的，只有在一次次的失败中才能学会。就像人类的小孩喜欢玩水，但他们总是要在犯很多次错误、呛很多次水之后才能学会游泳，鸽子学习飞行也是一样。一开始花颈鸽有点不敢张开自己的翅膀，每天只是在屋顶上坐几个小时，风微微地吹着，这样的微风是有利于飞行的，小花颈鸽却一点都不领情。

为了把当时的情况说清楚，让我先介绍一下我家的屋顶。我家屋顶周围有四面坚固的混凝土墙，围墙有一个十四岁小男孩那么高，这样一来，当晚上我们睡熟了，即使有人梦游也不会从四层高的房子上面跌落下来。每天我都会把花颈鸽放在墙上，他只是坐在那里迎着风吹上几个小时，却从来没有尝试着飞一次。

有一天，我在屋顶的平地上撒了一些花生，他站在墙上用一种疑问的目光看了我一会儿，然后转了个身，看着那些花生，就这样一会儿看我一会儿看花生，重复了好几次，却一直没有行动。最后，他好像意识到我是不会把那些美味的花生拿到他身边喂给他吃的，他只好慢慢地朝着花生走去，有时会伸着脖子看看下面的花生。终于，在焦急地犹豫了十五分钟之后，小花颈鸽朝着地面跳了下去，然后抓住了地面。在他跳下去的过程中，为了保持平衡，他从来没有张开过的那对翅膀终于伸展开了——我成功了，花颈鸽跨出了飞行的第一步。

也就在那段时期，我发现花颈鸽的羽毛的颜色也有了变化，原来是那种怪怪的蓝色，还带着点灰色，现在变成了光滑的海蓝色，在阳光下发着光，很漂亮。接下来的一天早上，阳光普照大地，在金色的阳光下，花颈鸽的脖子就像是发着光的小珠子一样美。

现在还是要说说小花颈鸽学习飞行这件重要的事情！我一直在等着小花颈鸽的爸爸妈妈教他飞行，同时我也在用自己的方式，就像上次吃花生米一样，来促使小花颈鸽学习飞行。每天我都会把花颈鸽放在我的手腕上，然后我会把我的手臂忽上忽下地动很多次，来训练小花颈鸽的平衡感；而他也会不断地张开翅膀，这样有益于他学习飞行，但是我能做的也仅仅如此。你或许想问我为什么这么着急，他迟早都会飞的啊！因为印度到了六月份的时候雨季就要开始了，在雨季里，鸽子们是无法做长途飞行的。我想在雨季到来之前就训练花颈鸽辨认方向的技能，并且学会飞行。

终于，在五月快要结束的时候，花颈鸽的爸爸完成了那个神圣的任务。对我来说那是特殊的一天，整个城市都在呼呼的北风中变得凉爽。风停了，天空变得像蓝宝石一样干净，空气也更清新，视野也变得很开阔。你甚至可以看见我们镇上所有房子的屋顶，即使是很远处的田地、小亭子也都可以看见。下午三点左右的时候，小花颈鸽正在屋顶上晒太阳，他的爸爸刚从外面回来，站到了小花颈鸽的身边。花颈鸽的爸爸用一种很奇怪的目光看着自己的儿子，好像在说："哎，小懒虫，你都快有三个月那么大了，可还是不敢飞！你到底是一只鸽子还是一个胆小鬼啊？"

可是旁边的小花颈鸽好像没听到一样，仍然一动不动。这下惹怒了爸爸，他开始朝着小花颈鸽咕咕咕地叫了起来，像是在用鸽子的语言交流。小花颈鸽似乎不想听爸爸唠叨，所以他就朝旁边走了过去，可是他的爸爸

花颈鸽传奇

紧紧地跟在了他的后面，继续咕咕咕地叫着，还用力地拍打着翅膀。小花颈鸽为了避开爸爸就越走越远，可是他的爸爸并没有放弃，仍然追在后面咕咕咕地叫，看来真的很生气。最后，小花颈鸽被爸爸一直赶到了屋顶最边缘的地方，这下小花颈鸽无处可逃了，他现在只有一个选择，那就是从屋顶上跳下去。就在那个时候，花颈鸽的爸爸突然朝着小花颈鸽的身体压了过去，情急之下，小花颈鸽终于跳了下去。一跳下去的时候，小花颈鸽就不自觉地张开了他的翅膀，然后他就这么飞了起来。这真是一个激动人心的时刻！

花颈鸽的妈妈那时候正在楼下，看到自己的儿子飞起来了她也很开心，于是她就从楼梯那里飞了起来，飞到了小花颈鸽的身边陪着他。这对母子就这样在屋顶上飞了至少有十分钟，然后他们停了下来。等他们落到屋顶上的时候，花颈鸽的妈妈很自然地收回了她的翅膀，然后站在了那里，可是小花颈鸽就没有这么自然了。小花颈鸽停下来之后好像很慌张，就像一个小男孩走进了又冷又深的水里一样，不知道怎么办才好。他的整个身体都在发抖，一停下来两只脚就紧张地在屋顶上动来动去，还拍着翅膀来保持平衡。最后，他终于停了下来——当他的胸口碰到墙的时候，他一下子就把翅膀收了回来，就像我们平时收起一把扇子那样快。接着，小花颈鸽似乎回过神来了，激动地喘着气。他的妈妈也高兴地用自己的胸口摩擦着小花颈鸽，好像花颈鸽还是那个待在蛋壳里需要妈妈照顾的小鸽子一样。终于成功完成任务的爸爸也开心地松了一口气，飞到楼下去了。

第三章
方向感的训练

　　现在，小花颈鸽已经克服了那种飞向天空的恐惧了，接下来就要训练他飞的时长和距离了。在之后的一个星期里，小花颈鸽能够稳稳地在空中飞行大约半个小时了。当他回到屋顶的房子里的时候，会像自己的爸爸妈妈一样优雅地俯冲下来，再也不会在双脚碰到屋顶的时候惊慌地拍打着翅膀了，这些都是很大的进步。刚学会飞行时，他的爸爸妈妈一直都陪在他的身边，现在他们开始很快地飞在花颈鸽的前面或上方。我猜想小花颈鸽的爸爸妈妈可能是尝试着让孩子飞得更高，因为小鸽子总是想飞得和爸爸妈妈一样高。他的爸爸妈妈给正在成长的小花颈鸽树立了很好的榜样。

　　可是在六月刚开始的某一天，我的想法被一个很重大的事情深深动摇了。那时候小花颈鸽已经可以飞得很高了，我只能看见远处天空中他小小的身影，他的爸爸妈妈还是像往常一样飞在他的上面，看起来更小。花颈鸽的爸爸妈妈当时正在像平常那样在他上方盘旋着，因为一直抬着头看天空很累，我就没有再看他们。过了一会儿，当我再看远处的地平线时，他们被一个飞得很快的黑点给挡住了，那个黑点变得越来越大。我当时想那到底是什么鸟呢，居然可以沿着直线飞得那么快。在印度，野鸡都是用梵文来命名的，叫作"特亚"或者是"曲线跟踪者"。可是那只鸟是沿着直线飞行的啊，就像一支射出去的箭一样。

过了几分钟之后，我终于知道那不是什么野鸡，而是一只鹰，它是想抓住小花颈鸽。我继续紧张地看着，惊人的一幕落入了我的眼里。看见自己的孩子有危险，小花颈鸽的爸爸妈妈立刻从空中降下来准备保护小花颈鸽。这时，老鹰已经离无辜的小花颈鸽很近很近了，而小花颈鸽的爸爸妈妈在他的两侧，他们三个呈三角形朝着敌人勇敢地飞了过去。可是对面的那只老鹰并没有被吓到，而是朝着他们进攻了。很快，他们三个被老鹰的攻击打散了。爸爸妈妈急忙飞到花颈鸽的身边，继续盘旋着往下飞。显然，花颈鸽的爸爸妈妈都知道和老鹰对峙的话，他们会吃亏，所以现在他们该做的就是尽快逃走。

也就过了半分钟左右，花颈鸽他们三个离屋顶很近了，那只老鹰那个时候好像也改变了主意，不打算继续追他们了，他在空中越飞越高。其实老鹰在打坏主意，他飞得越高，附近的鸽子们就听不见他扑扇翅膀飞行的声音了，这样一来，附近的鸽子就发现不了他，老鹰就可以发动突然袭击了。

花颈鸽的爸爸妈妈感觉到老鹰没有跟过来，整个身体放松了下来，飞行的速度也慢了下来，可是我却看见老鹰在他们的上方，收拢了翅膀，像箭一样朝着他们三个冲了过去。花颈鸽的爸爸却不知道危险已经来临。我急忙把手指放到嘴边吹响了口哨，并大声叫唤，想引起花颈鸽爸爸妈妈的注意。他们三个加快了降落速度，可是老鹰的速度更快。老鹰的速度越来越快，眼看着就要追上他们了，而且老鹰的目标显然就是不谙世事的小花颈鸽。我几乎可以看见老鹰眼里闪着那蠢蠢欲动的光。

我非常着急地想：难道这些鸽子这么笨，不知道做点什么来保护自己吗？那只邪恶的老鹰眼看着就要抓住可怜的小花颈鸽了，小花颈鸽的爸爸妈妈要是抬起头来朝上面看看该多好，他们现在还不知道自己的孩子正处在危险之中呢！可是就在那个时候，小花颈鸽和他的爸爸妈妈们突然改变方向，朝着上方绕着圈飞了起来，老鹰也立刻改变方向跟在他们的后面。小花颈鸽他们是沿着一个椭圆形的轨道飞行的。如果鸽子按照椭圆形的轨道来飞行的话，那就说明他们要不就是想往那个圆的中心飞过去，要不就是想往远处飞，远离那个圆。所以那只老鹰这个时候也不确定飞在他前面的小花颈鸽的爸爸妈妈是怎么想的，但是他还是决定朝着那个圆的中间飞了过去，然后在那个大的椭圆形轨道里面又绕了一个小圈。就在老鹰转过身准备朝小花颈鸽他们飞去的时候，小花颈鸽他们突然又朝着下方快速地降落，很快就靠近屋顶了，紧张的我也松了一口气。

可是那只老鹰并没罢休，他立刻像一道黑色的闪电一样跟了过来，不过小花颈鸽和他的爸爸妈妈们这时候已经来到了屋顶上，我早已伸开了双手迎接他们，他们都立刻躲到了我的胳膊下面了。接着，我听到了一声尖叫声——那只老鹰刚刚从我头上飞了过去，他离我已经很近很近了，我看见他的眼睛里冒着愤怒的火光，他的两只爪子就像响尾蛇一样摆动个不停，我仿佛听见了他的羽毛在空气中发出的嗖嗖声。我想那只老鹰肯定是怒火冲天了。他花了这么久的工夫想抓小花颈鸽，可是最后却功亏一篑，不生气才怪呢！

自从那次危险的经历之后，我就开始训练花颈鸽的方向感了，我不敢保证下一次他还有这么好的运气，有爸爸妈妈在自己的身边可以帮自己逃脱。在以后的日子里他要靠自己才行，所以在危险发生之前就要做好充分的准备。

有一天，我把小花颈鸽他们三个放在笼子里带到了镇子的东边，放飞了他们，之后他们都安全到家了。第二天，我把他们三个带到了镇子的西边，到家的距离和前一天差不多，然后又把他们放飞了。就这样，在一个星期内，我每天从各个不同的方向放飞他们，在我的训练下，只要是十五公里之内，无论是从哪个方向，他们都可以找到回家的路。但世上没有一帆风顺的事，我遇到了很大的困难。

那天，我们早上六点左右出发，天空中还有一团一团的云，刮着微微的南风。我把花颈鸽一家带到了恒河边，坐上了一条船。船上堆着高高的大米，大米的上面放着一层层芒果，这使我们的船从远处看就像傍晚笼罩在火烧云里的白色山峰。

其实，我早该知道天气变幻莫测，即使我们出发的时候天气还不错，可是暴风雨可能随时会降临。那时我毕竟还只是一个小男孩，对印度六月善变的天气并不是很了解。我们的船行驶了大约三公里，就变天了，大片大片的乌云遮住了整个天空，风也越来越大，我们船上的一个帆都被刮断了。此时，我心想：不妙，得抓紧时间训练才行，总不能白跑一趟吧！于是，我打开了笼子，放出了花颈鸽一家。他们三个组成一个拱形迎着风往前飞，他们飞得很低，几乎贴近水面。因为风特别大，飞了十五分钟他们也只前进了一丁点。可是他们并没有放弃，仍然坚持着飞了十分钟。他们逐渐习惯了大风，然后稳定地朝着陆地飞了过去。

最后，他们三个终于艰难地飞到了河岸左边的一个小村庄，天空已经漆黑一片，浓云滚滚，一场大暴雨倾盆而下。我在船上什么都看不见，只看见漆黑的天空中时不时有一道耀眼的闪电，让人心生恐惧，像是一切生命在这恶劣的天气中都变得微不足道。我心里非常绝望，很后悔自己的鲁莽，遇到了这样糟糕的天气，别说有可能找不回他们，就连我也可能会随时翻船。幸运的是，船平安靠了岸。

第二天早晨，我坐火车回到了家，没想到还能见到小花颈鸽和他的妈妈，他们俩全身湿透了，遗憾的是他的爸爸没能熬过恶劣的天气。我后悔不已，在接下来的一段日子里，我们一家人都在为小花颈鸽的爸爸祈祷。下着小雨的时候，我还经常带着小花颈鸽和他的妈妈来到屋顶，期待着小花颈鸽的爸爸回来，可是他再也没有出现过。

第四章
美丽的喜马拉雅山

我们家所在的平原地区雨水很多，因此我们那里很潮湿，也很闷热，于是我和我的家人们打算去喜马拉雅山。如果你了解印度的版图，你就会发现在印度的东北角有一个小镇叫大吉岭，大吉岭旁边就是喜马拉雅山的珠穆朗玛峰了，它是世界上最高的山峰。

我们一家是坐着大篷车出发的，因此一路走得很慢。途中，我和我的家人以及小花颈鸽和他妈妈来到了一个叫作登坛的小镇。登坛小镇海拔有一万米，在这样的海拔上，如果是美国的一座山或者是阿尔卑斯山脉肯定是有积雪的，可是对于处在热带的印度，以及位于赤道附近北纬三十度的喜马拉雅山，在海拔一万米以下的山峰上是没有积雪的。山脚那茂密的灌木丛里有各种各样的动物，到了九月份的时候，那一片区域就会变得很冷了，所以那里的居民们就会向南方迁移。

首先让我来给你介绍一下我们所在的那个地方的美丽景色吧！我们住的房子是用石头和泥巴做成的，房子的前面有一个小山谷，山谷里面种着茶叶。房子后面也有山谷，山谷里满是稻田、玉米田，还有果园。山谷的后面是层层叠叠的山峰，一直绵延到远处，然后可以看见一个高高的长满常青树的悬崖，再后面就是被白雾环绕的山峰了，有章嘉峰、马卡鲁峰，还有珠穆朗玛峰。在黎明的时候，这些山峰看起来是白色的，可是当太阳出来后，随着太阳越升越高，从远处看每个山峰都可以看得清清楚楚，高的山峰就好像耸立在空中一样，在阳光的照耀下，看起来既壮观又宏伟。

清晨是看喜马拉雅山最好的时刻，因为在其他时候，喜马拉雅山都是笼罩在云雾里的。大部分印度人都是信仰宗教的，所以大家都会在大清早起来，然后带着虔诚的心去看那些大自然的杰作——伟大的山峰，并且真诚祈祷。我觉得那些从来没有被我们人类探索过、还没有被人类征服的神圣的山峰是这些虔诚的祈祷者们膜拜的最好的地方了，它们就像是神圣的象征，也是世间少有的最宝贵的财富。当然，像珠穆朗玛峰这样拥有世界上最高海拔的山峰几乎就可以被看作是神灵的化身了，同时，它也像神灵那么神秘。因为就像我之前说的那样，除了早晨，珠穆朗玛峰一整天都是笼罩在云雾里的，让人看不清摸不透。那些来印度的外国人以为他们一整天都可以看见喜马拉雅山的那些山峰，可是等他们知道真实的情况之后也并不会抱怨，因为那些在早上看见了宏伟壮观的珠穆朗玛峰的人会说："这么神圣的山峰能够在早上看见就已经很幸运了，从来就没有人会用整整一天来盯着它看的。"

在六月，我们已经没有办法在早晨的时候清楚地看见珠穆朗玛峰了。因为六月是雨季，我们住的房子周围的所有山峰整天都覆盖着白雪。当雨停了的时候，有些山顶就会显现出来，上面都是一层一层厚厚的冰。在阳光的照射下，结冰的山顶就反射出了各种各样的颜色。

夏天的时候，我的朋友瑞佳和教我丛林生存知识的老师老勾德来我们家玩。瑞佳快十六岁了，他现在已经是婆罗门教的教徒了。对于勾德，我们一般都会叫他老勾德，因为从来没有谁知道他的年纪。老勾德在那片丛林里面生活了很久，他好像什么都知道，所以我和瑞佳拜了老勾德为师，这样我们两个就能跟着他学习丛林里的知识了，还有关于各种动物的知识。在我写的其他的书里面，我也提到过瑞佳和老勾德，所以在这里我就不再重复说了。我们一起在登坛小镇定居下来的时候，我就又开始给我的鸽子们做方向感的训练。只要天气晴朗,我们就会在早晨去爬山。在爬山的过程中,到了一个寺院或者看见一户人家的时候,我们就会把花颈鸽和他的妈妈放出来。天快要黑的时候,我们就回家了。每次回到家,我们都能发现花颈鸽和他的妈妈早在我们之前就飞回来了。

可是,到了七月份,整整一个月只有一个星期左右是好天气,但是我和我的好朋友瑞佳在无所不知的老勾德的带领下去了很远的地方。我们走了很多路,一起去拜访了山里面的居民们,还在有的人家里面住了几天。那些居民有的看起来很像中国人,他们的行为举止非常有礼貌,而且他们又好客又大方,我也很喜欢他们。当然,我们是带着鸽子们一起去的。有的时候我们把鸽子关在笼子里,有的时候就放在我们的外套里面。一路上,我们经常会遇到暴雨,然后全身湿透。可是每当那个时候,我都会努力地保护着花颈鸽和他妈妈,不让他们被淋湿。

就在七月底的时候,我们三个人和两只鸽子进行了一次特别的旅行,那次旅行让我印象深刻,我们的所见所闻一直都印在我的脑海里。我们经过了一个叫作辛格里拉的地方,那里有一个很小却很漂亮的寺庙。然后,我们又朝着普哈鲁特和未知的地方前进了。最后,我们来到了老鹰们的地盘——我们站在悬崖上，周围都是花岗岩，上面长着稀稀疏疏的冷杉树，还有一些低矮的小松树。我们正对着的北方就是章嘉峰和伟大的珠穆朗玛峰。我们站在了一个深渊的边缘，然后放飞了花颈鸽和他的妈妈。

在那气势恢宏的地方，他们两个欢快地飞着，就像刚放学的孩子从学校里出来时那样开心。花颈鸽的妈妈一直往上飞着，她是想告诉她的儿子什么是绝对的高度。等花颈鸽和他的妈妈都飞到远处再也看不见了的时候，我们三个人就讨论着他们两个飞到那么高的地方到底会看见什么。他们肯定能够看见章嘉峰山脉中的双子峰，双子峰比珠穆朗玛峰稍微低一点，却和珠穆朗玛峰一样崇高和伟大。它们至今都还没有被人类征服，于是，我们的心里立刻升起了一种奇妙的感觉。我们看见了远处的珠穆朗玛峰。

过了几分钟之后，我就面对着珠穆朗玛峰说："啊！你就是神圣的最高峰，你是那么的圣洁和永恒，没有人可以玷污你，也没有任何凡间的生物可以亵渎你的纯洁。你永远不会被征服，你就像是宇宙的脊柱，是不朽的象征！"

那个时候我太激动了，我好像不仅仅是在赞美一座山，而是一次奇妙的探险。在花颈鸽和他的妈妈飞出我

们视线的时候，我们就没有再继续看着他们了。我们在隔壁的悬崖上找到了一只老鹰的窝。喜马拉雅山脉中的老鹰身上都带着金色的光芒，非常好看。你既能够感觉到老鹰的美，也能够感觉到他们身上所具有的力量，他们可是很凶猛的食肉动物。但是幸运的是我们那天中午并没有遇到老鹰的袭击，而且，我们还在一个鹰巢里发现了两只毛茸茸的小鹰，他们正蹲在巢里。南风对着他们吹了过来，可是他们好像一点都不怕。喜马拉雅山上的老鹰们都喜欢迎着风筑巢，这是为什么呢？没有人知道原因，可是我们看得出来那两只小鹰好像很喜欢迎面吹来的风，他们甚至摇摇晃晃地站了起来。

两只小鹰大概出生有三个星期了，因为他们刚出生的时候长得像棉花一样的毛已经掉了，并且开始长出真正的羽毛了。他们的爪子也变得足够锋利了，他们的嘴也又尖又硬。

老鹰们筑的巢一般比较大，是露天的，而且是在峭壁上的平台上。但是老鹰的窝里面又黑又窄，窝是用各种各样坚固的树枝、还有老鹰抓的猎物的羽毛做成的。除了羽毛，小鹰们会先把猎物的肉吃光，老鹰们就会把猎物的骨头和一些毛发吃下去。虽然我们站的地方的周围只是一些很老的松树，可是我们却能够听到各种野鸡的叫声。在冷杉树上，有很多奇怪的小昆虫在嗡嗡嗡地叫着，还有一些长着蓝色翅膀的小飞虫在淡紫色的兰花上飞来飞去，很多杜鹃花开得就像月亮那么大，时不时地还能听到一只野猫的叫声，好像是睡了午觉刚起来的。

就在那个时候，老勾德让我们赶紧跑到前面的灌木丛里躲起来。我们立刻照着做了，刚躲好就发现我们周围的各种声音慢慢地变小了。大概又过了一分钟，昆虫的声音就完全消失了，野鸡也没有再叫了，周围的树全都安静了下来。但是，我们却听见好像有口哨声慢慢传了过来，越来越大，可是过了一会儿之后，口哨声却又慢慢变小了。然后，又传来了一声古怪的叫声，紧接着，我们就看见一只很大的老鹰朝着鹰巢飞了过去。大风依旧在吹，那只老鹰的翅膀迎着风发出了像口哨一样的声音。

通过观察那只老鹰的大小，老勾德猜测那就是刚才鹰巢里的那两只小鹰的妈妈。我们看见那只老鹰妈妈一直站在鹰巢边上，两只小鹰慢慢走回鹰巢的最里面。老鹰妈妈的爪子上好像抓着一只很大的兔子，兔子的皮已经被扒掉了。老鹰妈妈把自己抓到的猎物丢在了巢外的平台上。这个时候，老鹰妈妈张开了翅膀，就好像人们铺开了一张纸一样。我们估算了一下，她的两只翅膀张开后大概有两米那么长，看起来非常大。

看见孩子们都朝着自己走了过来，老鹰妈妈赶紧把自己锋利的爪子收了起来。她的孩子们还很小，一个个都细皮嫩肉的，她可不想伤害到他们。收起了自己的爪子之后，老鹰妈妈就像一个跛子一样慢慢地朝着她的孩子们走了过去。两只小鹰看见妈妈回来了，开心得不得了，一下子就跑过去钻到了妈妈那大大的翅膀里去了。但是他们这个时候躲起来并不是想睡觉，因为他们现在还很饿呢！老鹰妈妈当然知道孩子们的想法，她带着两只小鹰走出了鹰巢，来到已经死了的兔子旁边。老鹰妈妈撕下了一小块肉，把肉里的骨头都剔掉之后，送到了孩子们的嘴里。小鹰们早就饿得不行了，一个个都狼吞虎咽地吃着妈妈找回来的美味的兔肉。这个时候，之前那些渐渐消失的各种声音又响了起来，就像是一个交响乐团在演奏一样。

后来，老勾德答应我和瑞佳，说等以后小鹰长大了再带我们过来看他们，所以我们三个就慢慢从躲着的地方站了起来准备回家了。

我们花了不到一个月的时间回到了家，而且在路上的时候，小花颈鸽和他的妈妈也找到了我们，所以我们是一起回去的。那个时候，我打算以后带着小花颈鸽和他的妈妈再训练一次，因为我希望他们以后能够对这附近的所有村庄、寺庙、湖泊和河流都很熟悉。不仅如此，他们最好还能认识各种动物,比如鹤、鹦鹉、喜马拉雅山上特有的鹭、野雁、老鹰、雨燕,等等。这次旅行,我们走了很远的路,回到家后秋天的脚步就近了。我发现杜鹃花火红的叶子也开始飘落,只剩下长长的花茎迎着秋风沙沙作响。很多树木的树叶也开始在风中飘落,到处都给人一种冷清和萧索的感觉。

那天,我们在上午十一点左右的时候把笼子打开了,放出花颈鸽和他的妈妈。他们两个就朝着湛蓝的天空飞去,就像是蓝蓝的画布上的两个灵动的精灵一样。

大约半个小时之后,一只老鹰出现在了他们的上方。那只老鹰显然已经发现了花颈鸽和他的妈妈,于是朝着他们越飞越近,眼看着就要向两只鸽子发起攻击了。可是花颈鸽和他的妈妈经过我的多次训练也变得警觉了许多,他们发现对手靠近自己,知道有危险之后就立刻向远处飞。就在花颈鸽和他的妈妈迅速下降靠近了一棵树的时候,没想到那只老鹰的妻子冲了出来。她也加入了追捕的队伍,立刻朝着花颈鸽和他的妈妈发起攻击。那只母鹰朝着花颈鸽母子飞过去,可是并没有赶上他们。那只老鹰看见就要到手的猎物逃走了,对着母鹰愤怒地大叫了起来。母鹰听到了之后就没接着追了,而是在原地飞来飞去。

花颈鸽和他的妈妈看见老鹰没有追过来,知道自己

花颈鸽传奇

已经安全了,于是加快速度朝着南方飞了过去。可是,那两只老鹰并没有放弃,一只从东边,一只从西边尾随在花颈鸽母子的后面。两只老鹰不断地加快速度,不一会儿,他们就赶上了花颈鸽母子。老鹰们的翅膀张开之后就像两面大扇子,在空气中猛烈地拍动着。一秒、两秒、三秒,老鹰们就像是射出的箭一样飞速前进着。花颈鸽的妈妈这时候停了下来,没有继续往前飞,而是在空中打转。花颈鸽的妈妈这反常的举动让两只老鹰摸不着头脑,他们都在想现在到底该怎么做,是先抓小花颈鸽还是先抓他的妈妈呢?

就在这个时候,小花颈鸽抓住了这个机会立刻改变了自己的飞行轨道,迅速地朝上方越飞越高。过了一会儿,他的妈妈也照着他这么做。可是花颈鸽的妈妈的速度不够快,耽误了一点时间,于是两只老鹰同时从上方向她围了过来。花颈鸽的妈妈一看知道情况不妙了,她忽然紧张起来。她之前是害怕老鹰们回去抓她的孩子,所以才会在原地打转想引开老鹰们,让小花颈鸽有时间逃走,便耽误了自己逃跑的时间。其实,她完全没有必要这样做,因为小花颈鸽自己完全有能力逃走的。

接下来的那一刻,两只老鹰同时朝着花颈鸽的妈妈扑了过去,花颈鸽的妈妈身上的羽毛被老鹰们抓得都掉了下来。看见自己的妈妈被老鹰抓住了,小花颈鸽非常害怕，他立刻朝着最近的一个悬崖飞了过去，想躲起来不被两只凶狠的老鹰发现。其实，那都是小花颈鸽的妈妈自己犯的错才害得她丢掉了性命，而且也让小花颈鸽陷入了危险之中。

我们三个人看到这之后就立刻出发去找小花颈鸽待的那个悬崖。这可不是一件简单的事情，因为喜马拉雅山的山脉太多太杂了，山中什么都有，比如蟒蛇、老虎之类的。可是我的好朋友瑞佳坚持要去找，作为猎人的老勾德也同意了。

我们先是从一个悬崖上走了下来，接着进入了一个很窄的峡谷，我们在峡谷里发现了一些动物的骨头。老勾德推断这应该是某只动物前一天晚上吃猎物的时候留下来的。但是那个时候我和瑞佳并没有感到害怕，因为老勾德和我们在一起，他可是最优秀的猎人。他对森林很熟悉，只要和他在一起就不会有什么危险。

不一会儿，我和瑞佳就在老勾德的带领下开始爬一个裂缝。裂缝上长满了青苔，还有紫色的兰花，爬起来很累。在爬的时候，我们闻到了很浓的冷杉木和凤仙花的味道，偶尔还会看见一株盛开的杜鹃花，这在这个季节已经很少见了。天气非常冷，可是我们前面的路好像没有尽头一样，我们只能咬着牙继续往前爬。

在下午两点左右，我们终于在一片叫作佐拉的植物旁停了下来，准备吃我们自带的食物。吃完午饭，我们又接着上路了。最后，我们终于来到了花颈鸽躲起来的那个悬崖，结果却让我们大吃一惊。因为那个悬崖就是我们之前发现了两只小鹰的地方，我们再次看见了那个熟悉的鹰巢。现在那两只小鹰的羽毛都已经长好了，他们两个就坐在鹰巢旁边的那个平台上。让我们完全没有想到的是，小花颈鸽就躲在旁边的一个平台的角落里，他全身缩在一起，看起来非常虚弱。当我们慢慢走近那两只小鹰的时候，他们就紧张地用已经变得锋利的嘴来啄我们。瑞佳没有防备，他的手伸得离他们很近，便被小鹰狠狠地啄了一下。他拇指上的皮都被啄破了，血立刻涌了出来。

两只小鹰刚好挡在我们和小花颈鸽之间，看来我们想通过两只小鹰去花颈鸽那里是不可能的了。所以，我们只能爬过另外一个更高的悬崖才能到小花颈鸽那里了。就在我们刚刚离开鹰巢大约五六米的时候，老勾德立刻示意我们躲起来，就像之前那次一样。我们立马照做了，躲在了一棵松树下面。刚蹲下来没多久，我们就听见了一声咆哮，不知道是小鹰的爸爸还是妈妈回来了。那只飞回来的老鹰的尾巴突然碰到了我们躲藏的那棵松树的树枝。一瞬间，我感觉自己全身好像有电流流过，既紧张又兴奋。

在这里我有必要再次强调一下，人们都普遍认为老鹰们喜欢在一个荒无人烟的、很难靠近的悬崖上筑巢，其实这个想法是错误的。如果一种鸟或者其他什么动物自己足够厉害的话，他就不需要刻意选择在哪里建造房子。因为别的动物都会怕他，他无论在哪里筑巢都比较安全。对于老鹰这种庞大的动物来说，他选择筑巢的地方的第一个要求就是空间要足够大，这样他就可以在自己的窝里自由地伸展翅膀了。这只老鹰之所以选择在这个悬崖上筑巢，是因为这里刚好有一个现成的洞，洞外有个平台，所以在这里筑巢至少省了三分之二的力气。另外的三分之一就得靠他们自己了，其实也就是找一些树枝、树叶，还有草和羽毛，然后把这些东西合理地堆在一起，一个简单的巢就建好了，接着就可以在里面生蛋孵小鹰了。

　　当我们从松树下面出来的时候，我们已经仔细地在远处观察了那两只小鹰和老鹰的一举一动，这已经是我们第二次见面了。这些鹰就像是我们的老朋友一样。现在小鹰们已经长大了，尽管如此，老鹰却好像已经习惯了在靠近小鹰的时候收起利爪。父母永远是爱孩子的，老鹰还是怕利爪会伤害孩子们。小鹰们早晚会变成老鹰的，等小鹰们越长越大，可以跑着过来迎接老鹰的时候，老鹰就可以毫无顾忌地张开翅膀飞到窝里了。

那两只小鹰，其实按理说他们已经不小了，因为他们的羽毛已经全部长出来了，他们看见老鹰回来还是像往常一样冲了过去，然后欢快地躲到老鹰宽大的翅膀下面去了，想要得到老鹰的爱抚。可是不一会儿，他们就出来了，因为他们知道自己已经不小了，不能永远躲在父母的保护伞下面。那个时候他们很饿，想吃东西，可是他们看见老鹰并没有给他们带吃的回来，于是他们转过身，不开心地迎着风坐在了那里，好像在等着什么。

老勾德给我们做了个手势，我们三个便一起站了起来，又开始爬了。在接下来的一个小时里，我们屏着呼吸从老鹰的鹰巢上面爬了过去，不敢发出一点声音。等我刚刚爬过那里的时候，我立刻闻到了一股难闻的动物的尸骨的味道。这一点说明了老鹰虽然算得上是鸟中之王，却不像小鸽子那样爱干净。我当然更喜欢干净的鸽子窝，而不是鹰巢。

不久，我们找到了花颈鸽，准备把他放进笼子里。看见我们的时候，花颈鸽好像很开心，可是他好像不愿意进笼子。那时候已经不早了，我喂给他一些小扁豆，他也饿了，立刻吃了起来。就在他吃了一半的时候，我看他吃得那么香，没有什么防备，便伸出胳膊想抓他进笼子。可是我的这一举动把刚受过惊吓的小花颈鸽给吓坏了，他立刻飞走了。

小花颈鸽飞走的时候发出了声音，这时候老鹰正准备进到鹰巢里去休息，听到声音之后，便立刻警觉地跑出来看了看。我们看见老鹰的嘴巴在颤抖，两只翅膀也微微张开了，好像正准备起飞。就在那个时候，周围的所有声音都好像一下子消失了，老鹰展翅飞走了。

　　我们当时就觉得小花颈鸽这次是凶多吉少了，他独自和老鹰对抗肯定不会有好结果的。我们看见有个小黑点靠近了飞到远处的花颈鸽。我以为老鹰一定抓住小花颈鸽了，可是出乎我意料的是，那个小黑点靠近花颈鸽之后没一会儿就离开了。小花颈鸽好像很害怕，立刻加速歪歪扭扭地飞走了，渐渐地从我们的视线中消失了。

　　那个时候我确定我们这回一定找不到花颈鸽了，可是老勾德坚持认为我们一定能够在一两天内找到他，所以我们决定先在那里等一等。很快，夜幕就降临了，我们三个躲在松树下面睡了一夜。第二天早晨，老勾德告诉我们那两只小鹰应该会飞了。他说："老鹰们从来不会教自己的孩子们如何飞，因为他们知道等小鹰长到足够大的时候，他们自己就会飞的。等小鹰们学会飞的时候，他们的爸爸妈妈就会永远地离开他们。"

　　那天一整天，小鹰的爸爸妈妈们都没有回来。当夜晚再次来临的时候，小鹰们其实已经知道他们的父母是不会回来给他们送食物了。他们无奈地来到了鹰巢的最里面。

那是个令人难忘的夜晚，我们没有再躲起来，因为我们确定不会被猛兽攻击。老虎和豹子是不会到这么高的地方来觅食的，倒不是他们恐高，而是因为他们像其他的动物一样，只会跟在自己的猎物后面。羚羊、鹿、水牛、野猪等都喜欢往山谷和丛林里植物茂盛的地方跑。在那里，他们可以吃到丰富的食物，所以那些喜欢吃他们的动物，特别是老虎和豹子自然也会去这些地方。这也就是悬崖上除了一些野鸡、野猫、蟒蛇之类的动物外很少出现其他猛兽的原因。在有的山上偶尔可以看见一些山羊，可是再大一点的动物就看不到了。所以，那天晚上我们安然无恙地度过了。

虽然不用担心动物的袭击，但我们又遇到了新的问题——寒冷。山顶上的温度很低，我们被冻了整整一夜。天还没亮的时候，我发着抖醒了过来。想要再睡着是不可能的了，所以我干脆坐了起来，把所有的毯子都包在身上，观察着四周，聆听着各种声音。可是四周什么声音都没有，很安静，但是那种安静却让人感觉很可怕。不远处响起一声树枝断裂的声音，这种平时很常见的声音在这样宁静的环境中听起来就像是爆炸声一样。过了一会儿，世界又安静了下来。慢慢地，周围的一切事物都好像笼罩着一层极其神秘的色彩，而我感到越来越紧张。就在这个时候，鹰巢里好像有什么东西在晃动，我的神经一下子绷紧了。

天快要亮了，鹰巢那里又出现了各种吵闹的声音。两只小鹰也醒了，在整理他们身上的羽毛，就像是人类早上醒来的时候要伸个懒腰一样。我听到附近传来了一阵沙沙的声音，一定是两只小鹰走到他们鹰巢旁边的平台上去了。可是，过了一会儿之后又传来了另外一种声音，有很多只不知道叫什么的鸟出现在了我们头顶上的天空中，看起来有点像鹤，在空中盘旋着。接着，一头牦牛大叫起来，那些野鸡一个接着一个往下飞去，最后，他们像一道白光一样消失在了远处的章嘉峰那里。

这个时候，我突然看见旁边的马干鲁峰的山顶上好像笼罩着一个巨大的光环，看起来非常美。还有那些比勃朗峰稍低一点的山峰也像是披上了乳白色的纱巾。我甚至能够清楚地看见那些山峰上的石头、树木的形状和颜色，身边的兰花上挂满了清晨的露珠，远处被冰雪覆盖的地平线上射出了一缕缕火红的光，这说明太阳就要出来了。

瑞佳和老勾德这时候也醒了，他们都站了起来。我之前说过瑞佳是一位婆罗门教的教徒，虔诚的瑞佳对着初升的太阳唱起了赞歌：

你是东方的宁静的花朵，

照亮了杳无人烟的人间圣土。

你走在神秘的干净的道路上，

朝着你的宝座走去，

用你的沉默，还有你的胸怀，

成为我们拥护的主人。

瑞佳的赞歌声使两只小鹰受了惊吓，他们对人类的声音还是很陌生的，突然听到瑞佳的声音之后，小鹰们显得很躁动不安，又好像很愤怒。所以，我们等瑞佳唱完了之后就立刻躲到了一棵低矮的小松树下面去了。两只小鹰这时候肚子已经饿得咕咕叫了，他们只能眼巴巴地看着外面的天空，希望看到他们的爸爸或者妈妈给他们送点吃的来。

时间就这样一点一点地过去了，可是小鹰的爸爸妈妈都没有出现。小鹰们的肚子越来越饿，也变得越来越焦急，最后他们急得在鹰巢里转个不停。过了一会儿，我们听到鹰巢里好像传来了打架的声音，可能是两只小鹰打起来了，那个声音变得越来越大。最后，有一只小鹰似乎很生气，独自走出了鹰巢，沿着旁边的悬崖往上爬。那只小鹰爬得越来越高，但他的两只翅膀一直没有打开，完全靠两只爪子往上爬着。现在他已经爬了一半的路程了，时间也不早了，我们还是没有看见小鹰的爸爸妈妈们回来，我们三个准备吃午饭了。我们判断那只留在鹰巢里的小鹰应该是一只小母鹰，因为她的体形比另外一只小鹰还要小一点。留在鹰巢里的那只小鹰这时候正坐在鹰巢里，她面对着风，盯着远处的天空发呆。看得出来，她的心情不怎么好。

我发现喜马拉雅山上的老鹰从出生到他们学会飞行的这段时间里都喜欢面对着风坐着，就像那些想当水手的小男孩在学会航行前都喜欢面对大海坐着一样。这听起来似乎有点奇怪，却是真实的情况。

大概在下午两点的时候，那只留在鹰巢里的小母鹰好像也坐不住了，已经等了这么久了，爸爸妈妈们还没有回来，于是她就准备出发去找哥哥。她的哥哥，也就是另一只小鹰，这个时候已经爬到了悬崖的最上面，他正坐在那儿休息呢！他也面对着风，看见他的妹妹也向着他爬来的时候，他的两只眼睛好像突然放出了光彩。原来，那个时候那只小公鹰正准备试着自己起飞去找食物。这毕竟是第一次，所以他觉得很害怕，也很郁闷，看见妹妹来找自己了，他的心情一下子就变好了。

正如老勾德所说，我真的从来没有看见过老鹰父母们教他们的孩子如何飞行，小鹰们只有在饿得不行的时候才不得不张开自己的翅膀去飞翔。小鹰的爸爸妈妈们当然知道这一点，所以当小鹰们慢慢长大，到了合适的时候，他们就会离开自己的孩子，让小鹰们自己照顾自己，这样小鹰们才会成长。

那只小母鹰花了很大的力气才和她的哥哥会合。唉，可是那个悬崖顶上没法站两只小鹰，于是小母鹰上去之后也站不稳，还差点把哥哥给挤掉下去。就在这个时候，小母鹰的哥哥张开了自己的翅膀，乘着风飞了起来。小公鹰已经伸开了自己的爪子，他原以为自己会掉下去，所以本来是想抓住地面的，可是他现在已经飞在空中了。他兴奋地拍了拍翅膀，然后飞得越来越高。他终于会飞了！

朝前面飞了一会儿之后，小公鹰弯下了他的尾巴。他的尾巴就像小船舵一样，只要他一动尾巴，飞行的方向就改变了。他飞向了东边，然后又飞到南边，从我们的头顶上经过，我们当时甚至可以听见他的翅膀在风中呼啸的声音。在那个庄严的时刻，周围一下子安静了下来。全世界似乎都在安静地看着那只小公鹰在空中翱翔的身影。这只勇敢的小鹰终于战胜了自己，他成功了！

这个时候，他已经飞得很远了，因为只有飞到远处他才能找到食物。老鹰的视力很好，即使飞到一千八百米以上的高空，他都能看见地上的兔子。一看见猎物，老鹰就会收起自己的翅膀，然后像一道闪电一样快速往下

面冲去。等到地上的猎物听见老鹰靠近时发出的那可怕的声音时，他们都会吓得待在原地，忘记了逃跑。老鹰便会张开自己的爪子毫不费力地抓住他们。

那只小母鹰就这样看着哥哥飞走了。就剩下她自己了，她觉得很孤单很害怕，便也学着她哥哥那样张开了翅膀。风儿好像也在帮助她，刚好从下面吹了过来，将她带上了天空。小母鹰就像飘在空中一样，迎着风朝着她哥哥飞了过去。

不久，那两只小鹰就消失在了我们的视线里。现在，我们也要离开这里去山里找小花颈鸽了。小花颈鸽可能去了登坛小镇，可是这只是我的猜测。我们三个还是一路上找了每一个寺庙和大户人家，因为花颈鸽以前经常停在这些地方。

第五章
心爱的鸽子你在哪里

　　我们一直着急往下赶路，不知不觉来到了悬崖下面深深的峡谷里。这时候，我们突然发现周围一片漆黑，其实那时只是下午的三点左右。原来，这是我们刚走下来的那个悬崖的影子造成的，那个悬崖非常高，所以影子也很长，我们只能在黑暗中前进。

　　我们暗暗地加快了步伐，因为四周阴冷的空气实在让人觉得很不舒服。我们走了大概有三百米的时候，温度好像又变高了一点，可是随着夜晚的降临，温度又再次下降了。我们只得到附近的一个寺庙里借宿一晚。那个寺庙里大部分的僧人都对我们三个很友好，他们只会在给我们准备晚饭或者送我们去房间的时候才会和我们说话。晚上的时候，他们还在念经。

我们三个被安排在了一座山附近的三个小房间里，房子的前面是长满青草的草地，四周还用篱笆圈了起来。我们提着灯笼来到了房子那里，进门之后才发现房间里面只有铺在地上的很简陋的草席。那时候已经很晚了，我们经过一天的奔波也累得不行了，所以我们三个就窝在一起倒在草席上睡着了。

第二天早上四点多的时候，屋子外面传来了杂乱的脚步声，于是我就被吵醒了。我起了床，朝着脚步声传来的方向走了过去。走了一会儿之后，我就看见前方不远处有很亮的灯光，我接着爬了很多的阶梯，最后来到了位于那个寺庙中间的一座小礼堂里。那其实就是一块伸出来的石头下面的一个很大的洞穴，石头的三个面都是露出来的。有八个僧人站在那里，他们手里还提着灯笼。我看见他们静静地把灯笼放在地上，然后盘起腿坐在地上开始念经。在灯笼朦胧的灯光的照射下，他们的脸变成了黄色。我在他们的脸上看到了一种平常人所没有的平静和慈爱。

后来，寺庙的住持告诉我："几百年来，我们寺庙一直都为所有入睡的人祈祷。祈祷都是在黎明之前，那个时候即使是失眠的人也应该睡着了。人睡着了以后就不会再思考，我们就是祈祷一些永恒的博爱能够在那个时候净化他们的灵魂。这样一来，当所有人早上醒来的时候，他们的思想都会变得很纯净，他们的心也会变得善良和勇敢。你愿意和我们一同祈祷吗？"

我立刻就同意了，我坐在那里为所有人祈祷着。直到现在，每当我早上很早就醒了的时候，我还是会想到喜马拉雅山上的那些为所有睡着的人祈祷、希望净化所有人思想的僧人们。

我和大家一起祈祷之后不久天就亮了，我发现原来我们是坐在一座山的裂缝那里，我们的脚下是一个很陡峭的悬崖。

太阳升起来了，所有事物都沐浴在清晨的阳光中。突然，寺庙的钟声响了起来，一声接着一声，带着美妙的音乐般的节奏感，唤醒了所有沉睡的人们。原来这是寺庙的僧人们用来迎接新的一天的方式。火红的太阳高高地挂在东边的天空上，带着胜利的欢呼，它战胜了夜晚的黑暗，战胜了死亡的恐怖，每天都给人们带来了新的希望。

我离开了那个悬崖，在吃早饭的时候看见了瑞佳和老勾德。那个为我们准备早饭的方脸僧人告诉我们："你们的鸽子昨天晚上也到这里来过夜了。"

接着，他向我们描述了小花颈鸽的样子。他说得很具体，小花颈鸽的大小、身上的颜色，甚至他鼻子上的条纹那个僧人都提到了。听完之后，老勾德问他："你怎么知道我们在找鸽子？"

那个方脸的僧人眼睛都没有眨一下，说："我可以读懂你们大脑中在想什么。"

瑞佳着急地问道："真的吗？你可以读懂我们的思想？"

那个僧人不急不慢地回答："如果你每天都花上四个小时来祈祷，祈祷世界上所有的生命都能得到快乐，等过了很多年之后，你就能够读懂一些人的思想了，知道他们在想什么，特别是那些到我们寺庙里来的人的思想。你的鸽子昨天飞到这里之后，我们已经给他喂了食物，也让他从害怕中慢慢恢复了过来。"

等他说到这里，我大叫了起来："从害怕中恢复过来？您说的是什么意思？"

那个僧人点了点头，然后平静地接着说："是的，你的鸽子这次好像受了很大的惊吓，所以我用我的双手托着他，然后不断地抚摸着他的头，告诉他不要害怕，今天早上我放他走了。他不会再遇到危险了。"

老勾德等他说完之后礼貌地问他："大师，您能告诉我您为什么告诉我们这些吗？"

那个看起来很神秘的僧人回答老勾德："你肯定知道的，因为你是一个很聪明的猎人。所有的动物只会在害怕敌人的时候才会被敌人攻击或是被敌人杀死。我曾经看见过兔子在猎狗和狐狸的追赶下逃生，真的是因为兔子们克服了恐惧。恐惧会让一个人变得愚蠢，也会让人变得胆小。所以，如果动物们克服了恐惧，他们就不用害怕自己的对手了。"

"但是你是怎么让小花颈鸽克服了恐惧的呢？"瑞佳又接着问道。

那个僧人回答道："如果你不害怕了，不仅你的思想会变得纯净，你睡觉的时候也不会做噩梦。接下来无论你遇到什么事，你都会变得很勇敢。现在你们的鸽子已经克服了恐惧，因为我自己从思想和行为上来说都是一个勇敢的人，我已经将近二十年没有做过噩梦了，所以当我用自己的双手托着你们的鸽子的时候，他也会变得勇敢起来。现在，你们的鸽子很安全，不会有其他的动物来伤害他的。"

僧人就这样平静地说完了这段话。对于他的话我是深信不疑的，我相信小花颈鸽现在很安全。为了不浪费时间，我们吃完早饭后就向寺庙的住持辞行了，然后立刻朝着南方出发去寻找小花颈鸽。其实那个僧人说的话是有道理的，如果你每天早上都为别人祈祷，你就会让那些你祈祷的人的思想变得很纯净，让他们充满勇气和爱心。

我们现在是朝着登坛小镇赶路，温度变得越来越高，路边的景物也变得越来越熟悉了。我们再也看不见山里的那些杜鹃花，还有那些被秋天染成金黄色的树叶，因为现在这里还没有一丝秋天的气息。

我们一路上看见樱桃树上挂满了樱桃，很多树干上长着厚厚的青苔。兰花也盛开着，大概有手掌那么大，有的是紫色，还有的是粉红色，微风带着他们的花粉落在四处，明年就能看到更多的兰花了。还有很多的曼陀罗，在太阳的照射下渗出了很多小水珠。树长得更高更大，竹子也长得很高，就像是要刺破天空一样。接着，我们看见了很多很多的像蟒蛇一样的爬行动物。蝉一声接一声叫个不停，吵得让人受不了，还有一些松鸡也在树林里叽叽喳喳地叫着。时不时地会有一群绿鹦鹉摆动着他们像绿宝石一样的羽毛朝着太阳飞去。还有各种各样的昆虫，比如一种很大的蝴蝶，身上长着黑色的绒毛，从一朵花飞到另一朵花上，还有无数的野鸡不断地寻找着一些美味的小飞虫吃。

我们被一些虫子叮了，伤口很痛。路上，我们偶尔会碰见一条很大的蛇，然后我们就要等那条蛇走了之后再走。要是森林经验丰富、对各种动物都很了解的老勾德没有和我们在一起的话，我们都不知道会被毒蛇、水牛伤害多少次了。

有时候，老勾德会突然停下来，然后把耳朵紧贴地面，几分钟之后，他会告诉我和瑞佳："我们前面有一群水牛正走了过来，让我们等他们走了之后再走。"

果然，一会儿之后，我们就能够听见他们那轰隆隆的脚步声。等水牛们走了之后，我们又接着赶路了，在中午的时候停了半个小时吃饭。最后，我们来到了印度和锡金王国①的边境上。那里有一个小山谷，里面生长着成熟的小麦、绿色的橘子，还有金黄色的香蕉。山坡上长满了金盏花，在阳光的照射下，金盏花发出了那种柔和的紫色的光，看起来非常美丽。

就在天快黑的时候，我们找到了一户比较富裕的锡金人家，决定晚上就在他们家借宿。那户人家的儿子是我们的一个朋友。我们在附近又发现了一些花颈鸽留下的踪迹，之前花颈鸽就经常来我这个朋友的家。我带着小花颈鸽最后一次来这个朋友家的时候，小花颈鸽在这里吃了小米，喝了水还洗了澡，而且他还梳理了自己的羽毛，并掉下来了两根蓝色的毛。我的朋友觉得羽毛的颜色非常好看，就把那两根羽毛保留了下来。当我再看见那两根羽毛的时候，我非常开心，就像是见到了小花颈鸽一样。那天晚上我睡得非常好。我之所以睡得好还有另一个原

---

①锡金王国：存在于 1642 年至 1975 年，是历史上的一个世袭君主制国家。1975 年，印度议会通过决议，正式把锡金变为了印度的一个邦。

因——老勾德告诉我们那天晚上要好好睡觉，因为我们接下来的旅程都要在丛林里过夜了。

第二天晚上，当我们坐在丛林深处的一棵树顶上的时候，我又想起前一天我们住的那个锡金朋友的家，很怀念家里的那种温暖。你可以想象一下，如果你整天都在赶路，晚上还要在一片很危险的森林中间的一棵大榕树上过夜，那会是一种什么样的感觉！我们花了半个多小时才找到那棵大榕树，我们选择榕树是因为榕树一般不会长在海拔很高的地方；之所以选择一棵那么大的榕树是因为如果榕树太小的话，万一有大象经过就可能把树给撞倒。

当时，瑞佳站在老勾德的肩膀上，我再站在瑞佳的肩膀上，我们就像是叠罗汉一样。我终于爬上了粗粗的树干，然后坐了下来，接着在那个树上挂上我们随身带着的绳梯。绳梯是到丛林里生存的必需品，像现在这种情况就可以用上。挂好绳梯之后，瑞佳就爬了上来，坐在我的旁边，然后老勾德也爬了上来，坐在我和瑞佳的中间。我们往下看到了老勾德刚才站的地方，那里深深地凹陷了进去，看起来就像煤矿一样黑，而且还有两个紧紧靠在一起的动物。我们都知道那是什么，老勾德开心地叫了起来："如果我刚才在那里再多站两分钟，那两个长着条纹的家伙可能就会要了我的命了。"

那其实是两只老虎，他们看见我们都爬到了树上非常生气，于是狠狠地大叫了一声，嘴里还呼呼地喷着气。突然，周围一下子安静了下来。

我们三个都稳稳地坐在了树干上，现在应该不会有危险了。老勾德收起了绳梯，然后从他腰后面传给了瑞佳，瑞佳又传给了我。最后，我把身体固定在了那棵大榕树的主干上。我们还尝试着躺在上面，这样是为了防止我们三个之中有谁在夜里睡着的时候不小心从树上掉下去。因为人睡着了的时候意识不是很清醒，而且身体又很放松，很有可能会掉下去。我们都准备睡了，老勾德伸出他的胳膊给我和瑞佳做枕头，他总是很照顾我们。

因为要考虑到各种突发的状况，所以我们虽然睡了却还是关注着榕树下面的情况。那只老虎已经走了，昆虫们也重新叫了起来。突然，他们的叫声停了下来，过了几秒钟之后，从远处的一棵树上跳下来了一些体形很大的动物，那些是豹子。豹子们白天的时候都喜欢在树上睡觉，到了夜里，他们就会出去寻找食物。他们现在应该就是出来找食物的。

那群豹子们离开之后，昆虫继续唱起歌。声音就像是个万花筒，变化多端。一种声音传到我们耳朵里的时候就像是一束光线忽然照到了我们习惯黑暗的眼睛，会让人觉得很奇妙。

有一只野猪经过了这里，他用獠牙刺破了所有挡住他道路的东西。之后，昆虫又停止了叫声，我们仿佛又可以听见那些长得高高的草和那些灌木努力地站起来的声音，然后他们好像叹息了一声，又缩了回去。那个轻轻的叹息声就像是海浪一圈又一圈地慢慢靠近我们，最后从我们睡着的树下面经过。啊！我们都松了一口气，原来那是一只巨蟒在找水。我们三个在树上待着一动也不敢动，老勾德早就提醒我们要小心，他害怕那只恐怖的巨蟒听到我们的呼吸声会发现我们。就这样又过了几分钟，我们听到了一两声很轻的树枝被折断的声音。那声音很小很小，但是因为我们当时聚精会神地听着那条巨蟒的动静，所以对所有的声音都很敏感。那个声音是因为一只雄鹿的鹿角被葡萄藤缠住了，所以他用力地扯断了一些藤蔓才逃了出来。就在那只雄鹿朝着我们走来的时候，周围的气氛好像变得越来越紧张了，各种声音都开始慢慢变小了。原来是各种嘈杂的声音混合在一起，可是现在我们只能听见三种声音：昆虫发出的叫声；那只巨蟒在一个水洞的附近用身体圈住那只雄鹿，想要杀了他，于是那只雄鹿发出了挣扎的哀鸣声；还有最后一种声音，就是我们头顶上呼啸的风声。现在，大象们又回来了，大概是一个有五十头大象的象群。他们慢慢靠近了我们休息的那棵树，然后边走边玩。我们那个时候能听见的就是母象的尖叫声、公象的咕噜声，还有那些小象们奔跑的声音。我们只能绷着神经希望他们不会发现我们。

我已经不记得后来还发生了什么，因为我那时已经很累了，所以就睡着了。但是在那样的情况下，我好像看见了小花颈鸽，然后和他用鸽子的语言说话，那其实就是一种半梦半醒的昏睡状态。后来有什么人摇了摇我，把我叫醒了，我当时刚醒还很迷糊，但是老勾德在我的耳边轻轻地说："我没法再托住你了，快起来吧！现在情况很不妙，一只很疯狂的大象好像离开了大象群，现在他已经靠近了我们。我们三个没办法都逃开他的象牙的袭击，如果那只大象抬起头，他很可能就会闻到我们的味道。这些野生的大象既讨厌人类又害怕人类，一旦他们闻到了人类的味道，就可能会一直待在这里直到抓住我们。孩子，快醒来，勇敢一点，我们得在敌人袭击我们之前逃走才行。"

老勾德说得一点也没错，果然是一只大象。那时候天还没有完全亮，在微弱的光线下，我看见了他像一座小山丘一样在移动着。那只大象从一棵树向另一棵树移动着，然后边走边吃那些还没有因为秋天的到来而凋零的植物。

他好像很饿，所以一直专心致志地吃着那些"美味佳肴"。在这个季节估计能吃到这些就算是很幸福的事了。过了半个小时左右,他好像觉得有点无聊了,就和自己玩了起来。他把两只前脚放在了一个树干上,然后甩起了他的长鼻子。他的鼻子真的很长,几乎可以够到那棵树的顶了,然后他用鼻子将那些他觉得很美味的树枝从树干上卷了下来。

做完这些之后,那只大象靠近了我们藏身的那棵树旁边的一棵树,他又像刚才那样玩了起来。后来,他发现了一棵很细的树,于是他用象牙将那棵树推到了,接着他又把两只前脚放在那棵倒下的树上,把身体也压了上去。那棵树被压得嘎吱嘎吱响。他选了一些比较嫩的树枝吃了,等他终于饱饱地吃完了早餐后,他的暴脾气又发作了,大叫起来,把周围的鸟儿和猴子吓了一大跳。鸟儿们都飞了起来,猴子们也吓得赶紧从一棵树跳到另一棵树上,远离了这里。

这个时候,那只大象把两只前脚放在那棵被他推倒的树的树桩上,然后够到了我们藏身的那棵树的树枝。他这样一抬头很显然就闻到了我们的味道,所有的动物都对人类有种天生的恐惧心理,即使是身材魁梧的大象也是一样。于是,那只大象吓得大叫了起来,然后立刻把自己的象牙收了回去。他开始发出低沉的叫声,好像在说自己怎么运气这么差,碰到了人类;可是,接着他又伸出了象牙，这下象牙几乎要碰到老勾德的脸了。这时，老勾德对着大象的鼻子打了个喷嚏，这可把那只什么都不知道的大象吓坏了，他觉得自己好像要被很多人包围起来了。

大象被吓得又大叫了起来，然后冲进了旁边的丛林里，挡在他前面的所有事物都被他踩得粉碎。

一群绿色的鹦鹉被吓得呼啦一下飞上了天空。猴子们也叫了起来，边叫边快速地往前跳着，好像在逃命一样。野猪和雄鹿们在丛林里四处逃窜。就这样，那只大象引起了一场不大不小的骚动，过了许久才平息。

我们三个感到很庆幸，大象逃走了，我们也捡回了自己的一条命，可是大象走了之后，我们一直不放心，怕他又回来。过了好一会儿，我们终于从树上下来了，无论如何还是要赶路啊！

那天晚上，我们终于回到了家。因为在路上我们幸运地遇到了一辆大篷车，所以我们是坐着车回家的。这一路走下来，我们三个人都累得不行了。可是，当我回到登坛小镇的家里的时候，立刻看见了我们辛辛苦苦寻找的花颈鸽安然无恙地待在他的窝里。这一刻，好像所有的疲惫都消失了。只要小花颈鸽安全就好了，我真的很开心！

那天晚上，我睡觉的时候，想起了那个寺庙里的僧

人曾经很肯定地对我们说："你的鸟儿很安全。"他说的果然是对的！

第六章
独 闯 世 界

　　可是在我们回来后的第二天，花颈鸽又飞走了，他是在早上飞走的。在接下来的日子里，我和家人们每天都在焦急地等着他回来，可是他一直都没有回来。我们实在是等不下去了，于是老勾德和我决定再次出发去找他。这次我们下决心，无论他是死是活都要把他带回来。这一次我们吸取了上次的经验，租了两匹小马。我们决定去之前去过的锡金王国。

　　我们一路上经过每一个村庄的时候都会问那些村民关于花颈鸽的事，确保我们没有走错路。很多村民都说看见了花颈鸽，有些人还很仔细地向我们描述了花颈鸽的样子。有一个猎人说他看见花颈鸽飞到了一个寺庙里，然后停在了一个屋檐下的燕子窝里。还有一个僧人说他在他们修道院旁边的一个河堤那里看见了花颈鸽。那个河堤就在离锡金王国不远的地方，有很多的野鸭在那里做窝。在我们最后经过的一个村庄里，有人告诉我们说他看见花颈鸽和一群燕子飞在一起。

就这样一路上按照好心人给我们的提示，我们来到了锡金王国最高的高地。所以，第三天的晚上，我们就不得不在高地上露营了。

经过几天的赶路，我们的马儿很累了，我和老勾德也很累，但是当我们休息了一个小时左右的时候，我突然醒了过来，因为我感觉到了周围有一种很奇怪的压迫感。我发现那两只驮着重重的行李的小马一动不动地站在那里，耳朵都是竖着的，好像在紧张地听着什么，就连他们平时摇个不停的尾巴也是一动不动的，这真的很奇怪。于是，我也认真地听着周围的动静，这个时候的安静和那种夜里的宁静还是不一样的，平常夜里的那种平静是什么都没有的感觉，可是现在的这种安静就好像预示着有什么要发生一样。就在那个时候，有一个很小的声音打破了那种奇怪的安静，两只小马动了动他们的耳朵，好像在说他们听到声音了。原来的那种紧张感突然消失了，我现在只能感受到一种奇怪的放松感，好像是为了缓解接下来的那种紧张的氛围。在那样的氛围下，你几乎能够感觉到地上的小草在微微颤动，但是就只有那么一瞬间，然后就什么也感觉不到了。那两只小马现在都听到了另一种从北边传过来的声音，他们似乎全身都绷紧了起来，等待着即将发生的一切。

后来，连我也听见了那个声音，那好像是小孩子刚睡醒在打哈欠一样。但是奇怪的是，那种声音又消失了，周围又恢复了那种宁静。随后又出现了一种叹息的声音，那个声音持续的时间很长，然后变得越来越小，就像是一片厚厚的树叶在风的吹拂下慢慢地落入了静静的水里一样。接着，远处传来一种低低的说话声，就像是有什么人正在远处祈祷一样。

大概过了一分钟之后，两只马儿终于放松了下来，他们的耳朵弯了下来，尾巴也开始摇来摇去了，我也和他们一样觉得一下子轻松了。看！成千上万只大雁从我们上方飞过。他们离地面大概有一千三百米远，虽然隔了这么远的距离，可是我想这附近所有的马都在我听到他们的声音之前就发现了他们。

看见这些大雁起飞之后，我就知道天快要亮了，我此刻也没有了睡意，便坐了起来，看着天空。天空中挂满了星星，马儿们已经开始吃草，我把拴着他们的绳子松了松。反正天就要亮了，我也不需要把他们紧紧地拴在火堆旁边。

大概过了十分钟，黎明的那种宁静笼罩了所有的事物，两只马儿也都安静了下来，好像正准备迎接美好的早晨。我看见他们两个抬着头似乎在专心地听着什么。他们到底在听什么呢？我都有点没耐心再这么等下去了。不远处的一棵树上，有一只鸟儿飞了起来，然后另一只也跟着飞了起来，他们飞到了另一个树枝上，其中的一只便叫了起来。那应该是麻雀吧，好像所有的生灵都在它那银铃般的叫声中苏醒了过来，周围其他的鸟儿也加入了那只麻雀的队伍，欢快地叫了起来。

时间过得很快，现在所有的东西都能看得一清二楚了，天终于亮了！黎明的曙光已经照射下来，老勾德也醒了过来，然后就开始做祷告，这是他每天早晨必做的事情。

那一天，我们漫无目的地走到了一个寺庙前。寺庙靠近一个叫作辛加里拉的地方，这个地方我之前说到过。寺庙里的僧人们很热心地告诉我们花颈鸽的事情。他们说，在前一天的中午，花颈鸽和一群雨燕就在寺庙的屋檐下过夜的，第二天早上，它们一起往南边飞走了。那天晚上，我们就在那个寺庙里过了夜。第二天离开的时候，我们特地再次感谢了那些僧人。

我们又踏上了寻找花颈鸽的旅程。身后那离我们越来越远的山峰在太阳的照射下就像是一个燃烧的火把一样，我和老勾德看了一眼之后就匆匆赶路了。在我们前

面的是各种被秋天染成金黄色、紫色、绿色和樱桃色的
植物。一路上，我们边走边欣赏着。

第七章
勇敢探险

在前面的章节里，我只是简单地提到了花颈鸽后来被我们找到的地方。在那次历时十天的寻找花颈鸽的旅程中，其实，老勾德在我们出发的第一天就发现了花颈鸽的踪迹。为了把当时的情况说得更清楚，让大家弄清到底是怎么一回事，我想还是请花颈鸽自己来说说他的经历吧！只靠我们来猜测和想象的话，可能没办法理清楚事情的来龙去脉。

十月的一个中午，我和老勾德踏上了开往大吉岭的火车准备回家，那时候花颈鸽待在他的笼子里，慢慢地回忆起了之前他从登坛小镇到辛加里拉，然后又飞回来的那次经历——

哦，能够精通多种语言的伟大的人类，还有所有的动物们，请耽误一点时间来听听我的故事，听听一只可怜的花颈鸽的经历。就像所有的河流都是从山上发源的一样，让我也从山上讲起我的故事吧。

那次当我靠近鹰巢的时候，我亲耳听见、亲眼看见那只可恶的老鹰用爪子狠狠地将我的妈妈杀死了。我当时非常难过，没有了妈妈，我感觉自己活不下去了，但是我并不想死在那些凶狠的老鹰的爪子下。

如果一定会死，那在死之前，我还有一个愿望——我想在天空中好好地飞一次。因此，我来到了那个悬崖上的鹰巢附近，然后站在了平台上。我并不害怕，因为那两只鹰还小，没法伤害我。他们两个也挺可怜的，因为他们的父亲被人类抓获然后杀掉了，只剩下他们的妈妈每天忙着抓一些野鸡和野兔给他俩吃。小鹰们从出生到现在，每次吃的都是他们的妈妈带回来的已经死去的动物，所以他们是不敢去攻击那些活着的动物的，当然也就不敢攻击我了。在之前的那些日子里，我遇到过很多老鹰，但是我弄不明白他们为何都没有伤害我。

后来，我的主人找到我了，但他却想把我关在笼子里。那个时候，我并不想和人类在一起，所以我一气之下就飞走了。但这次我只飞了两天。在那两天里，我被一只刚刚会飞的老鹰袭击了。当时，我并不害怕，而是勇敢地打败了他。

当我飞过锡金王国附近的一片树林时，突然听见了头顶上呼呼的风声。我知道我又碰到老鹰了，于是我赶紧想了个办法。我突然停了下来，没有往前飞，那只老鹰在不断下降往我这里飞。他以为我会往前飞，所以他并没有抓到我，因为惯性，他一直往下降，最后冲到了一棵树的树顶上。

于是，我抓住那个机会快速往上飞去，但那只老鹰也立刻反应过来，跟在我身后。我知道自己的速度肯定没有老鹰快，便开始转圈，同时也在不断地升高。可我飞得太高了，感觉都没法呼吸了，所以只好又往下降。

我刚一下降，就听到了一声尖叫，大事不妙，那只老鹰朝我扑过来了。但我当时很幸运，因为我突然想起爸爸曾经在遇到老鹰追击的时候是翻滚着逃跑的。于是，我也开始翻滚。那还是我第一次那样做，我连续翻了两个跟斗，然后立刻飞快地朝上方飞了过去。老鹰这次又没有抓到我，但是他还是锲而不舍地跟在我后面。接下来，我不再给他任何攻击我的机会，我直接朝着他飞了过去。

当我靠近他的时候，他突然往下飞，然后又往上飞，我不幸被他抓住了。但我也没有放弃，拼命地挣扎着、扑扇着自己的翅膀。我的挣扎让老鹰失去了平衡，他抓着我一起往下落。经过这番挣扎，我的翅膀一点力气都没有了。幸运的是，我掉在了一棵冬青树的树枝上，而那只老鹰却不知道掉到哪里去了。

在飞行的过程中，我经常会被一阵气流卷住往下落。经过几次后，我也学会了在碰到那些气流的时候就飞得高一点，气流过了之后再飞低一点。我并不讨厌气流，因为我第一次遇到的那股气流还救了我的命，就是掉在冬青树上那次。当时，落在冬青树上的我觉得很饿，就想赶紧回到温暖的家中。

在我的主人到家看见我的时候，我对自己说："我再也不会让我的主人为我担心了，我要挑战自己，锻炼自己的勇气。我一定要再飞出去和那些凶猛的老鹰对抗。

花颈鸽传奇

接下来就是我真正的冒险经历了。

第二天，我又朝着之前那个鹰巢飞了过去。在途中，我停在了一个寺庙里。那个寺庙我之前也去过，上次还有一位好心的僧人为我祈祷了。在那里，我还见到了雨燕先生和雨燕太太，他们都是我的老朋友了，所以我很开心。接着，我又往北飞，最后，我飞过了辛加里拉，来到了那个鹰巢，可那两只小鹰已经飞走了。我正好可以在那里休息了，可是我并不开心，因为鹰巢里有很多小鹰们留下的垃圾，我真害怕那些垃圾上面都是寄生虫。但在白天，我还是选择待在鹰巢里，到了晚上，我决定在树上过夜，这样就不用害怕鹰巢里会有可怕的虫子了。

在接下来的日子里，我一直都住在那个鹰巢里。于是，周围的鸟儿们都对我刮目相看了。他们都害怕我，或许他们都把我当成老鹰了吧！即使是其他的老鹰看到我，也会和我保持距离，并不会攻击我。这些事情让我变得对自己很有信心，这也正是我需要的。

有天早晨，我看见一群白色的野雁往南边飞去。他们飞得很高，我立刻决定和他们一起往南飞。那些野雁并不介意我加入他们的队伍。后来，我知道这些野雁是准备往斯里兰卡的方向飞的，他们要去那里寻找阳光充足的沙滩。

等到天气变得越来越暖和的时候，那些野雁每飞两个小时左右就会下降到陆地上的小溪里去洗澡。野雁和老鹰不一样，他们在飞行的时候不会经常往下面看，而是一直盯着远处的地平线。等他们看见天边出现一条蓝色的线的时候，就会开始下降，然后组成一条直线慢慢往下飞，就好像大地正张开双臂要拥抱他们一样。接着，所有的野雁就会冲进泛着银光的海水里。他们一个个惬意地漂在水面上，可是我知道他们并没有像鸭子那样的脚蹼，所以想要在水里游动是比较困难的。我当时就停在旁边的一棵树上看着他们在水里做出的各种好玩的姿势。

我还看到一只野雁发现了一条很瘦小的鱼。当时那条鱼在河边的一个小洞里，野雁就慢慢靠近他，准备抓他。等野雁来到那条鱼身边时，他俩展开了斗争。最后，那条可怜的鱼被野雁从洞里拖了出来。野雁拖着那条鱼直接游到了岸边，然后把鱼丢在了河岸上。那条鱼身上刚才被野雁咬住的地方几乎已经皮开肉绽了，不用说，那条鱼已经死了。就在这时，另一只野雁看见了死鱼，也走了过来。

顺便说一下，野雁如果不是在飞或者游泳的时候，他们看起来真的非常笨。在水里的时候，他们还能漂在水面上，人们看不见他们的脚；可在地上走路的时候，他们看起来就像是跛子在走路一样，十分怪异。

　　两只野雁为了那条鱼争了起来。他们互相咬着对方的羽毛,谁也不甘示弱,然后朝着对方拍打着翅膀,还从地上跳起来用自己的脚踢着对方。他们两个就这样打得热火朝天,完全忘记了旁边的那条鱼。突然,有只水獭一下子从旁边的芦苇丛里跳了出来,抓住了地上的那条鱼。真是意外之财啊!水獭立刻就消失了。这时候,那两只野雁刚好打得停了下来,他们注意到了那只水獭,可是太晚了!他们也太笨了,和他们相比,我觉得我们鸽子更聪明一点。

　　既然鱼已经被抢走了,那两只野雁也就没必要再打下去了,他们停了下来。这个时候,领头的野雁叫了起来:"咯咯,嘎嘎!"他是在通知所有的野雁集合。野雁们都在那一刻向着领头的那只野雁聚拢了过去。接着,他们同时张开翅膀,朝着天空飞去。那场景看起来非常美!他们个个姿态优美,组成了"人"字形,就像是在天空这块大画布上画出的美丽图案。到现在,我还清楚地记得那个场景。

　　可是,总有一些不合群的动物。有一只野雁掉了队,并没有和大家一起飞,因为他还在抓一条鱼。经过一番努力,他终于抓住了鱼,便咬着鱼飞了起来。他想找一棵树,把鱼偷偷地吃掉,省得其他野雁来和他抢。可他没想到的是,一只庞大的老鹰突然朝他冲了过去。那只野雁立刻往上方飞去，老鹰也立刻跟了上去。他们就这样在天空中一圈又一圈地飞着。时不时地会听到老鹰的尖叫声和野雁嘎嘎的叫声。

忽然，我听到了一声微弱却清楚的野雁的叫声，原来是领头的那只野雁在召唤那只掉队的野雁。他可不想自己的队伍里少一只野雁。作为领头雁，他有责任带领所有的野雁到达目的地。领头的野雁还不知道那只掉队的野雁正被老鹰追赶呢。掉队的野雁被追得心慌意乱，但是听见了领头野雁的叫声，他立马叫着回应了他。于是，他嘴里咬着的那条鱼就掉了下去。老鹰看见鱼掉了下去，也想去抓住鱼，便咆哮着快速地往下冲。可是转眼间，我又看见一只雕正如一块从山顶滚落的石头般快速地往下降落，老鹰只好赶紧逃命了。当我在旁边看到这些平时总欺负我们的老鹰也会有逃命的时候，觉得非常开心。

那只雕的两个翅膀就像是帆船的帆一样宽大。在靠近鱼的时候，他快速伸出两只利爪，然后稳稳地抓住了鱼。没想到鱼最后落在了雕的手里，真是强中更有强中手啊！那只棕色的雕威风凛凛地飞走了。风吹着他厚厚的羽毛，他才是最后的获胜者！

远处，之前的那只老鹰还在急速逃命。我觉得很幸运，刚好老鹰飞走了，因为我也要飞了。我想在附近找到

花颈鸽传奇

一条有大篷车经过的小路，因为在这样的路上经常会有一些从车上掉下来的谷粒，这样，我就可以饱餐一顿了。

果然，我飞了一会儿之后就发现了掉在小路上的谷粒。吃饱之后，我停在了一棵树上，睡了一觉。当再次醒来的时候已经是第二天的中午了，我决定继续往前飞，去那个之前经过的寺庙，去看我的老朋友雨燕夫妇。

接下来的路程我飞得很顺利，没有遇到什么危险。经过这么多次历险，我已经掌握了很多飞行中要注意的问题，所以我飞得很小心。我一般会在比较高的地方飞，然后时不时地往下看，同时也会看着远处的地平线，以免有什么意外发生。虽然我没有野雁那么长的脖子，可是我也会隔几分钟就转过头看看后面，以防有什么跟在我的后面。

在天黑之前，我安全地到达了那个寺庙。当时，寺庙里的僧人们正站在那个小礼堂的前面，他们准备在太阳落山的时候做祷告。雨燕先生和雨燕太太正在他们的窝附近飞着，他们的三个孩子则在窝里睡觉呢！当然，他们看到我也很开心。僧人们做完祷告之后，给了我一些吃的，其中有一个年纪大的僧人把我捧在手心里，对我说了一些祝福的话。那应该就是在为我祈祷吧！我很感谢他。我从他的手里飞了起来，我感觉自己好像什么都不害怕了，浑身充满了勇气和力量。我飞回了我在寺庙屋檐下的窝里,旁边就是雨燕夫妇的窝了。

十月的天已经很冷了。早晨,当寺庙的僧人们起床后,雨燕夫妇和我一起飞了出去。早晨还是很冷的,我们是想飞一飞暖暖身子。那一天,我几乎都和雨燕夫妇在一起,因为雨燕夫妇打算带着小雨燕们飞去南方过冬,所以我就去帮他们的忙。

雨燕夫妇告诉我,他们打算在斯里兰卡或者非洲的某个地方搭一个窝。我听了之后觉得很吃惊。他们还告诉我,他们想要搭一个窝,可这不是一件简单的事。于是,我很好奇他们到底是怎样做窝的。他们便告诉了我具体的步骤。

第八章
神奇的世界

　　雨燕先生对我说："为了让你弄清楚雨燕做窝的技巧，首先我要告诉你雨燕自身的一些不利的因素。你也知道我们雨燕的嘴巴很小，只能捉一些小昆虫，但我们的嘴很宽，所以在飞的时候也可以叼着一些捉到的昆虫。只要我们用嘴咬住了昆虫，他们就很难逃走了。我们雨燕的身体也很小，即使是我，也搬不了很重的东西，所以我们的窝肯定是用一些轻的材料做成的，比如稻草，还有一些小树枝。这些树枝还必须很细、很轻才行，不然我们也是运不动的。"

　　我第一次看见雨燕的时候，那只雨燕就像残废了一样，身体也像是畸形的。所有雨燕的腿都非常细，非常脆弱，几乎无法保持平衡，爪子也不怎么灵活。所以，雨燕们没法跳跃。但他们有一个优点,可以弥补自身的不足。

他们的优点就是他们的脚可以贴在石头上,包括光滑的大理石,还有那些粉刷着石膏的房子上面,而这是其他的鸟儿做不到的。我就曾经看见我的朋友雨燕先生紧紧地抓着墙壁,就像是站在平地上一样,这可是很不容易的。

因此,雨燕们喜欢在屋檐下的洞里做窝,可是他们没法在那里下蛋,因为下了蛋之后会滚下来。所以,他们就衔着一些在空中飘着的稻草以及一些干燥的落叶,然后把这些铺在他们的窝里,再用口水把这些都粘在一起。这就是雨燕们做窝的小秘密了。他们口水的作用可大了,简直是世界上最好的胶水,可以变得干燥,也可以变硬。

当窝做好了之后,母燕们就可以在窝里下蛋了,雨燕的蛋是长长的白色的。在雨燕的世界里,母雨燕并不像我们母鸽子一样拥有很多的自由和权利。在我们鸽子的世界里,母鸽和公鸽享受一样的权利,可是母雨燕需要承担更多的工作和家务。我的朋友雨燕先生就从来不孵蛋,他觉得这是他妻子的任务。

有时候,雨燕先生会在白天给雨燕太太带一些食物回来,其他的时间里只要雨燕先生不在睡觉,他就会出去和其他的公雨燕一起玩,不管家里的事情。那些公雨

燕的妻子们也都和雨燕太太一样忙。我对雨燕先生说，他应该向我们鸽子学习，给雨燕太太更多的自由，多帮雨燕太太分担一些家务，可是雨燕先生听了之后只觉得我是在和他开玩笑。

雨燕一家去南方过冬的所有准备工作都做好了。在一个晴朗的秋天的早晨，雨燕夫妇带着他们的三个孩子还有我出发朝着南方飞去了。雨燕先生飞在最前面带路。我们一路上总是不断地变换着方向，一会儿往东，一会儿往西，但是我们的大方向还是往南的。

雨燕一家会吃那些漂在河流或是湖泊上的苍蝇、蚊子等。他们每小时大概可以飞八十公里，但这是在没有任何情况出现、下面也没有树林的时候的飞行速度。如果下面有树林，雨燕们就会一直往下看，因为他们想要找一些昆虫吃，所以时不时地会降落到某棵树上找吃的。

雨燕们最喜欢的还是在湖面上方飞翔，下面的一切都可以看得清清楚楚。那个时候，他们就会张开他们像镰刀一样长长的翅膀，在空中飞驰着。他们的速度快得几乎可以赶上一只老鹰追猎物时的速度。

你们可能还不知道雨燕的眼睛和嘴有多么厉害。当一只雨燕在水面上盘旋的时候，他可以轻易咬住在空中飞着的那些小飞虫。等他在这附近转几圈之后，这个范围内的所有小昆虫就会被他吃光。雨燕的视力就是这么好，可以发现所有在他们附近飞的小昆虫。

接着，我们飞过了小溪、池塘，还有湖泊。在我们前进的途中，雨燕先生总是匆匆吃点东西，匆匆喝点水。他经常会飞到水面上方，然后快速地在水面上啄几口水。他不喜欢在有很多树的地方飞，因为那样他就没法快速飞行了。

可是，一直在湖泊上方那样空旷的天空中飞行也有不好的地方。当一只雨燕快速地飞着并且吃着小昆虫的时候，很可能会有一只爱吃雨燕的老鹰从上方突然扑过来。当这样的意外情况发生时，雨燕们是不会往下降落以躲开老鹰的，因为下面有水，他们掉到水里之后就会被淹死，可是不逃的话又会被老鹰咬死。我的雨燕朋友们就遇到过这样的情况。

那是一天的傍晚，我的雨燕朋友们正在一个很宽广的湖面上忙着抓他们的晚餐。我就在他们附近飞着，时不时地看一眼那三只小雨燕，以防他们遇到危险。

果然，没过多久，一只老鹰就出现了。那是一只食雀鹰，体形并不是很大。既然雨燕夫妇把小雨燕们托付给我照顾，我就要对他们负责任，保护他们的安全，即使牺牲我自己的生命也在所不惜。一看到老鹰，我就立刻朝着小雨燕们飞了过去，挡在了小雨燕们和老鹰中间。当时，那只老鹰也吃了一惊，他怎么也不会想到我一只鸽子会和雨燕一家在一起。他也不清楚我身体的重量，但是我知道我绝对要比那只老鹰重。等他一反应过来，他就朝着我的尾巴飞了过来，想要用他的爪子抓住我的尾巴。我稍不注意，被他抓下来了几根羽毛。那只老鹰还以为他伤到我了，便在我附近飞了几圈，想看看我到底怎么样了。在他还没有意识到他只是抓掉了我几根羽毛的时候，我的雨燕朋友们都已经安全了，因为老鹰把所有的注意力都放在了我身上。

雨燕夫妇也发现了老鹰，于是他们立刻带着小雨燕们飞到了一棵树上，躲在那里应该是不会被老鹰发现的。

当那只食雀鹰发现雨燕们已经逃跑了之后非常生气，他用尽全力朝我冲了过来。可是他毕竟只是一只小鹰，还没有我的体形大，而且他的爪子都还很小，我知道他的爪子是没法抓到我的皮肤的，因为我的羽毛很厚。所以，当他向我冲过来的时候，我并没有躲避，而是往旁边飞了过去，他立刻跟了过来。

接着，我又快速地往下飞，他也跟着我往下飞，我往上飞，他也跟着往上飞。可是我知道小鹰是害怕飞到高空的。那只小鹰果然放慢了速度，和我的距离也越来越远。我估计他有些累了,而且有点害怕。我想:我该趁这个机会给这只小鹰一点教训,让他长点记性。想到这里,我就立刻行动了。我突然朝着下方快速下降,他还是和之前一样跟在我后面。我一直往下飞,马上就要落到下面的湖水里了。当我看见自己在湖水中的影子时,立马再次拍动翅膀,往旁边飞了一点。接着,我遇到了一股暖气团,立刻将我抬了上去。你应该知道,在那些比较空旷的地方,比如被山峰包围的峡谷里,经常会形成一些暖气团。这些暖气团因为温度比较高,重量轻,所以会朝着天空上方温度低的区域上升。当我们鸟类需要外部的力量帮助我们上升的时候,暖气团就是个好帮手。

上升之后,我转了三个圈,又回到了高空。我低头一看,那只小食雀鹰已经掉进了水里,因为他不知道有暖气团,所以当时他以那么快的速度往下冲,结果只能是掉进水里。他在水里扑腾了好一会儿之后才慢慢来到岸边。他已经累得筋疲力尽了,很吃力地爬上了岸,在一堆厚厚的落叶上面晾着身上的水。这下他该长点记性了吧!

我的朋友雨燕一家知道没有危险了,便立刻从刚才躲藏的地方飞出来和我会合。我们继续朝南方飞去。

第二天,我们又遇到了一些野鸭,他们脖子上的颜色和我身上的颜色很像,但是他们身上的其他地方却是雪白的。那些野鸭生活在小溪里的，平时喜欢在山间小溪里游泳，捉点鱼吃。他们时不时地会飞到离家挺远的地方去玩耍，找食物，过一会之后又飞回他们的家中。就这样，他们一天要来回跑好几趟。

野鸭们的嘴巴比野雁的嘴巴还要扁一点，而且嘴巴里面是凹凸不平的。只要野鸭瞄准了目标，靠近了他们想抓的鱼，他们的嘴巴就绝不会让鱼逃走的。野鸭们似乎不太喜欢吃贝类，可能是因为小溪里的鱼很多吧，所以他们就不必退而求其次去吃贝类了。

雨燕一家并不怎么喜欢野鸭们生活的地方，因为野鸭们很喜欢不停地拍动着翅膀，这样一来，他们身上很多的寄生虫就会掉到水面上。雨燕们都很爱干净，很怕寄生虫。可是，看见野鸭们这么喜欢在小溪里生活和玩耍，雨燕一家还是挺开心的，因为野鸭们并不像其他的鸭子一样喜欢在一些静水区域生活。

这些野鸭提醒我们，这附近有很多猫头鹰和其他一些危险的动物，所以在夜里的时候要特别注意才行。到了夜里，我和雨燕一家就打算找一个小洞，只要一般的猫头鹰进不去就可以了。我们很容易就在树上找到一个可以过夜的小洞，可是我不打算住在洞里，我想试试自己的运气。

很快，天就完全黑了，四周漆黑一片，像是一块大大的黑布压在了我们的身上。我也累得不行了，两只眼睛都睁不开，就准备睡了。可是周围都是猫头鹰飞来飞去的声音，还有他们的叫声，吵得我睡不着，而且我还一直要担心会不会有猫头鹰发现我，所以一整夜我都处在一种紧张、害怕的状态下。

森林里的夜晚没有一分钟是安静的。我时不时就可以听到一些鸟儿发出的各种尖叫声，似乎是被猫头鹰抓住了，还有猫头鹰抓住猎物之后那种兴奋的叫声。虽然我的双眼闭着，但我的耳朵却帮我了解了周围发生的一切。接着，我又听到了乌鸦的叫声，一只接着一只，估计那是一群乌鸦，他们一下子惊恐地飞了起来，然后四处逃窜，有的甚至撞死在了树干上。可是我觉得那样死去也比被可怕的猫头鹰抓住，然后被撕成一块一块的要好。

我的意识渐渐模糊了，我记得自己好像闻到了鼬鼠的气味。那个时候，我感觉死亡好像已经离我很近了。那种感觉让我一下子变得绝望了，我睁开眼睛想看看眼前到底有什么。天似乎要亮了，周围的事物都隐隐约约可以看见了。在我前面大概二十米的地方站着一只鼬鼠。我知道情况不妙，于是立刻飞了起来。虽然这增加了我被猫头鹰发现的危险，但是没有办法了，总不能等着鼬鼠来抓我啊！

花颈鸽传奇

　　果然，我刚飞起来就有一只猫头鹰发现了我，然后跟了过来，边飞还边叫着，接着又有两只跟了过来。我能听见他们拍动翅膀的声音，通过那声音我知道现在正飞过一片水域。我只能看到前方约二十米的距离，我不能这样盲目地一直飞下去。我边飞边观察着，看河流上方是否有气流，这样便可以把我带到高空。

　　可惜，已经太晚了，那些猫头鹰就在我身后了。我立刻转了个身，然后绕了一个圈。猫头鹰们当然不会轻易放弃。我赶紧往上空飞去。柔和的月光就像是流水一样穿过我的翅膀，我现在可以看得更清楚一点了，这也让我恢复了一点勇气和信心。

　　这次的敌人可不好对付，他们紧紧地跟着我一起上升。这样一来，月光刚好照在他们的眼睛上，他们的眼睛似乎有点花了。突然，有两只猫头鹰向我冲了过来。我立刻向上飞去，躲开了那两只猫头鹰的袭击。哈哈，他们两个居然撞到了一起！他们的爪子缠在了一起，所以只能徒劳地扑腾着翅膀，尖叫着掉进了河岸边的芦苇丛里。

　　这下我更加小心了，仔细地观察着周围还有没有猫头鹰在跟着我，然后我惊讶地发现自己正朝着太阳即将升起的东方飞着。我的两只眼睛被吓得都有点模糊了，但是我知道附近没有猫头鹰了。因为太阳就要出来了，猫头鹰们是见不得阳光的，所以现在他们都已经找地方躲起来了。

虽然现在我觉得自己已经安全了，但我还是会避开那些长得很高很茂盛的大树，说不准就有猫头鹰藏在那里等着我呢！我必须要加倍小心才行！

后来，太阳升起来了，我停在了一棵洒满阳光的树顶上。当时那棵树看起来就像是一把金色的伞，非常美丽。慢慢地，太阳越升越高，远处水面上的朵朵白色的浪花翻腾着，就像是一个个欢乐的小天使在跳舞一样。

接着，我在河岸边上看到了惊人的一幕。那里有两只很大的乌鸦，颜色非常黑，他们当时正用他们的嘴巴攻击着一只看起来很无助的猫头鹰。那只猫头鹰被困在了芦苇里没法脱身。因为现在太阳已经升起来了，猫头鹰的眼睛没法睁开，只能任凭那两只乌鸦攻击自己。其实，那只猫头鹰在刚过去的晚上也杀死了好几只乌鸦，所以，现在到了乌鸦们为自己死去的兄弟们报仇的时候了。我没法眼睁睁地看着两只乌鸦把那只被困住的猫头鹰杀死。那个场面有点残忍，所以我就从那里飞走了，准备去找我的雨燕朋友们。

等我找到雨燕一家躲起来的那个树洞后，我告诉了他们我昨晚的可怕的经历。雨燕先生和雨燕太太说，他们昨天一整晚都听见了各种痛苦的叫声，吓得根本就没有睡着。雨燕先生问我外面现在怎么样了，我说外面应该已经安全了，所以我们都飞了出来。后来，我看见了那只被困在芦苇丛里的可怜的猫头鹰，他已经死了。

那天真的很奇怪，整个早上，我都没有看见一只野鸭在小溪里游泳。我猜他们肯定是在太阳刚升起来的时候就朝着南方飞走了。这个地方太不安全了，我们也打算赶紧上路。我们决定不再和我们遇到的鸟儿一起飞，就我们几个自己飞到南方去。因为现在是鸟类迁徙的季节，所有的鸽子、松鸡，还有其他的鸟儿都会往南飞，于是那些喜欢吃这些鸟儿的动物们，比如猫头鹰、老鹰，还有雕就会跟在这些鸟儿后面。

为了避开那些危险的动物们，还有我们之前遇到的各种麻烦，我们决定往东边飞。就这样，我们往东边飞了整整一天，然后我们在锡金王国的一个小村庄里休息了一夜。第二天，我们往南方飞了半天，然后又朝着东边飞。这样子的飞行计划耽误了我们很长的时间，但是也给我们省去了很多麻烦。

有一次，我们不幸遇上了暴风雨，被狂风吹到了一片满是湖泊的地方。在那里，我也看见了让我吃惊的一幕。当时我停在了一棵树的顶上，风吹向我的时候，我看见水面上有很多家养的鸭子。每只鸭子的嘴里都咬着一条鱼，可是却没有一只鸭子把鱼给吃下去。我当时就觉得很奇怪，我还从来没有看到过鸭子可以拒绝对他们来说很美味的鱼的诱惑，所以我叫雨燕夫妇也来看看这是怎么回事。他们抓住了树皮，站稳之后看了看那些鸭子，就连他们也不敢相信自己的眼睛，这些鸭子们到底是怎么回事呢？

一会儿之后，一条船慢慢地划了过来，船上有两个人在撑船。那两个人的脸长长的，脸色很黄。那些鸭子们一看到他们就朝着那条船快速地游了过去。靠近船之后，他们纷纷跳上了船，然后……你能相信接下来发生了什么吗？那些鸭子都把嘴里抓住的鱼放进了一个很大的筐里，然后又跳回湖里去继续抓鱼。就这样，他们来来回回地忙了至少有两个多小时。

原来，那两个渔民都是说藏缅语的人，他们抓鱼从来不需要撒网。他们会在每只鸭子的脖子上，大概就是喉咙那个部位紧紧地系上一根绳子，然后把那些鸭子带到湖里去抓鱼。他们的喉咙被绳子系住了，根本就吞不下鱼。所以无论那些鸭子们提到了什么，他们都会带回来给他们的主人。但等渔夫们的筐都装满了之后，他们就会松开系在鸭子们脖子上的绳子，鸭子们的任务都完成了，就可以跳到湖里去大吃一顿了。

我们继续飞，已经离开那个湖有一段距离了，我们想找一些刚收割过的田地。因为在那些刚收割过的田地里，会有很多的小昆虫在飞，我的雨燕朋友们就可以抓住这些小虫子填饱自己的肚子了。我也饱餐了一顿，不过我吃的不是昆虫，而是一些掉在地上的谷粒。吃饱之后我坐在一个稻田的栅栏上，接着好像听见了有人在打什么东西。我仔细听了一下，那个声音似乎是一只小燕雀在用它的嘴巴用力敲一个胡桃核，想吃里面的核仁。这似乎很奇怪，一只小燕雀的嘴巴可以敲开胡桃核吗？于是，我慢慢走近传出声音的那个地方。就在栅栏的下面，我看见了一只鸟，那是一只生活在喜马拉雅山上的画眉。当时他正忙着什么，但是并不是在敲一个胡桃核，而是用他的嘴巴啄着一只在地上慢慢爬着的蜗牛，嗒嗒嗒。他坚持不懈地在那儿一直啄，直到那只蜗牛被吓得停在了原地。这个时候，那只画眉慢慢地踮起脚，抬起头看了看四周。接着，他张开了翅膀，对准那个目标继续嗒嗒嗒地啄了起来。没一会儿，那只蜗牛的壳就被啄破了，嫩嫩的肉就这样露了出来。画眉用嘴巴衔着蜗牛的肉飞了起来，飞进了一棵树里，他的妻子正在那里焦急地等着他送晚餐过来呢！

接下来我们安全地飞过了锡金王国的那片谷地，什么事都没有发生。唯一值得说的事情就是我们在经过森林的时候，看见两只孔雀被人类设下的陷阱给抓住了。那些鸟儿们飞往南方觅食的时候，北方的冬天也到了，许多动物也开始冬眠了。

其实，孔雀和老虎相互都很喜欢对方。孔雀喜欢看老虎那有条纹的皮肤，老虎则觉得孔雀的羽毛很美丽。有时，一只老虎会盯着树枝上的孔雀，而孔雀也会伸着脖子盯着老虎。可是现在，人类来到了森林里，他们成为了这一切美好事物的侵犯者、破坏者。

　　有一天，一个人带了一块布来到森林里，那块布上的花纹就和老虎身上的条纹很像，所以经过的鸟儿看到那块布都会以为那是一只老虎。这个时候，那个人就会在附近的一棵树枝上设下圈套，然后偷偷摸摸地溜走。我可以闻到那块布上面的涂料的味道，所以我知道那不是老虎，可是孔雀根本就没有嗅觉，他们只有用眼睛去判断，往往就被自己看到的欺骗了。

　　在接下来的几个小时里，两只孔雀走到了这里，然后跳到了一棵树上观察着那块布，以为那是一只老虎。他们好奇地越靠越近，还以为是老虎睡着了呢！于是，他们的胆子变大了，走得更近了，也慢慢靠近了人类布置了陷阱的那个树枝。结果，他们就落入了圈套。可是我还是不明白他们两个是怎么同时掉进那个圈套里的。

　　当然他们也知道自己被骗了，立刻绝望地大叫了起来。那个设置陷阱的人就出现了。他拿出了两个很大的黑色帆布袋，然后分别把这两个袋子套在两只孔雀的头上，把他们的眼睛遮了起来。这下两只孔雀什么也看不

见了，他们变得毫无反抗之力。那个人又把两只孔雀的脚分别用绳子系了起来，这样他们就没法走路了；接着，他把两只孔雀分别固定在了一根竹竿的两端，然后挑着两只孔雀走了。那两只孔雀的尾巴就像是七彩的瀑布一样，分别在那个人的前面和后面摆动着。

我的故事基本上就讲完了。第二天，我和我的雨燕朋友们分开了，他们继续朝南方飞，而我就回家了。经历了这么多的事情，现在我既变聪明了，也变得难过了。

花颈鸽接着问我说："为什么鸟儿们，还有其他动物们之间要相互伤害，造成各种痛苦呢？这让我觉得很难过。"

第九章
战争在召唤

　　等我们回到家之后，到处都在传欧洲要打仗的消息，弄得人心惶惶的。现在冬天马上就要到了，我打算给花颈鸽进行一些训练，因为我考虑到他可能会被选派到英国的陆军部去作为战争中的一只送信鸽。花颈鸽很熟悉喜马拉雅山东北部的气候，所以如果欧洲真的打仗，他绝对会成为战场上一只很不错的信鸽。虽然现在已经有了无线电和收音机这些比较先进的设备，但到了打仗的时候，信鸽还是很有用的。等我讲完下面这个故事，你就会知道我说的话是事实了。

　　为了让花颈鸽能够上战场送信，我制订了一个训练计划，老勾德看了我的计划之后表示同意。不仅如此，老勾德还在我身边陪着我训练花颈鸽。可他在我们家住了三天，就决定走了。他走的时候说："现在城市生活已经让我无法忍受了。我从来都不喜欢城市，更别说现在城市里充满了汽车，它们都让我觉得很可怕。如果我再不赶紧离开这里，我慢慢就会变成一个胆小鬼。如果是在森林里，我连老虎都不会害怕，可是在城市里，我却害怕那些汽车。在我看来，一个人在那种原始的森林里生活一天所遇到的危险也没有在城市的街道上走一分钟会遇到的危险多。再见了！我要回到宁静的森林里，那里的空气是干净的，没有灰尘和各种气味；天空也是空旷的，不会有在城市里随处可见的电线杆，还有纵横交错的电线。我不会再听见工厂里的汽笛声，我的耳边将萦绕着鸟儿的歌声。我不会再见到小偷和歹徒，我只会和老虎、豹子面对面，再见了！"

在老勾德离开之前，他帮我买了四十多只信鸽，还有一些翻头鸽。你可能要问我为什么喜欢这两种鸽子，其实我并不觉得自己偏爱翻头鸽和信鸽，但是我倒是真的觉得和那些花哨的鸽子相比，比如扇尾鸽、球胸鸽等，翻头鸽和信鸽的用途的确更大一点。我们家里也养着一些除了信鸽和翻头鸽之外的鸽子，但是那些鸽子好像都不喜欢和信鸽生活在一起，所以最后我就特别喜欢信鸽和翻头鸽了。

在印度，我们有一种很奇怪的传统，而我并不喜欢这种传统。这个传统就是如果你卖掉了一只信鸽，无论卖出去的价格有多贵，只要那只鸽子从他的新主人那里飞回到了你身边，他就重新变成你的财产了，而且你还不需要赔偿那个新主人的损失。我们国家几乎所有养鸽子的人都知道这个不成文的传统，所以每当我买来一些鸽子的时候，我要做的第一件事就是培养我和他们之间的感情，让新来的鸽子们熟悉我，让他们知道我现在才是他们的主人。既然我花了钱把他们买回来，我当然是不想他们再回到他们原来的主人那里去。于是，我尽了自己的最大努力来让他们喜欢上他们的新家，也喜欢上我。

所有事情光想是不行的，还要一步一步地去做才行，所以我就从最基本的训练开始。在把那些鸽子买来的第一个星期，我不得不把他们的翅膀系起来，不让他们飞出我家的屋顶。可是要怎样系上他们的翅膀使得他们无法飞，但是又不会伤害到他们，可不是一件简单的事情。

首先，你要拿一根线，从一根羽毛上面穿过，然后再从另一根羽毛的下面穿过，并且线要尽量靠近羽毛的根部才行。就这样一上一下，直到将鸽子的整个翅膀都穿上线。接着，你要将线的另一端用之前同样的方式从第一根羽毛的下面穿过，然后从第二根的上面穿过，直到

翅膀的最末端。现在,你就可以把两根线头系在一起,这个过程就和织布一样,这样做鸽子就飞不了了,因为他们的翅膀是张不开的,但也不会觉得痛。这绝对是一个好办法。这时,鸽子们只能微微拍打着翅膀,然后用嘴巴不停地啄着那根束缚自己的绳子。

这样做完之后,我就会把我新买来的这些鸽子放在我们家屋顶上的各个角落,这样鸽子们就会坐在那里,然后一整天都看着周围的新环境,这样可以让他们慢慢熟悉我家。这个过程大概需要十五天的时间。

在这里,我不得不提一下花颈鸽在我用上面的方法把他的翅膀束缚住的时候,他做了一件很聪明的事。我在十一月份的时候把花颈鸽卖给了别的人,目的就是想看一看在他到了新主人家翅膀被束缚十五天,等他重获自由的时候,是否会回来找我。在卖了花颈鸽之后的第三天,花颈鸽的新主人来到我家对我说:"花颈鸽逃走了。"

我问他:"他是怎么逃走的?"

那人回答:"我也不知道,但是我翻遍了我家也没有找到他。"

我好奇地问:"你没有把他的翅膀给系起来吗?难道他飞走了?"

那人回答:"他的翅膀被我系起来了啊!"

听完他说的之后，我吓了一大跳，我说："哎，兄弟，你怎么这么笨！你可不应该跑到我这里来，你应该去你家附近找找才对。你把他翅膀系了起来，他想飞也飞不走的，所以他可能是从你家的屋顶上掉下去了。现在他说不定已经被哪只路过的野猫给吃了呢，野猫可是鸽子的天敌啊！天哪，你可能就这样害死了一只很好的信鸽啊！"我忍不住责备他。

可能是我说得太严重了，总之，我说完之后他也惊呆了，立刻央求我和他一起回家去找花颈鸽。我当时唯一的想法就是赶紧把花颈鸽从野猫的嘴下救出来。

我们两个找了整整一个下午，可还是没有找到花颈鸽。我并没有放弃，接下来还找了很多很偏僻的废弃的小巷子，希望在哪个角落里可以找到可怜的还没有被流浪猫给吃掉的花颈鸽。我感觉自己所有的精力都耗尽了，我好像从来没有这么着急过，可最后还是没有找到花颈鸽。那天我回到家的时候已经很晚了，当然我还被我的父母训斥了，于是我很伤心地回到自己的房间。

我妈妈知道我没找到花颈鸽肯定很伤心，她不希望我带着那种悲伤和不安的情绪去睡觉，于是她对我说："你的鸽子肯定没事的，你放心吧。不要想太多了，好好睡觉吧！"

我好奇地问道："妈妈，你为什么这么说呢？你怎么

知道花颈鸽没事？"

妈妈告诉我："如果你能够平静下来，你的平静的思想就可以帮到你。如果你很平静，你的鸽子也会是一种平静的状态，而且如果他很平静，他的状态也会影响到你。我的宝贝，我想你知道花颈鸽现在是什么样的状态。如果他心神安宁的话，他会克服所有的困难，然后安全回到家的。现在让我们共同为他祈祷，让我们都平静下来。"

接下来的半个小时，我和我妈妈一直在默默地祈祷："我现在很平静，周围都是安静的，所有的一切都是安静的！"

等我快要睡着的时候，我妈妈对我说："你现在不会做噩梦的，你会好好地睡一觉，你会获得宁静。"

就像妈妈说的一样，我睡得很好，没有做噩梦。第二天上午十一点左右的时候，花颈鸽从天空中飞过，当时他飞得很高。他到底是怎样让他的翅膀解开束缚的呢？现在让我们听听花颈鸽自己是怎么说的吧！下面是花颈鸽自己说的话，他当时站在我家的屋顶上。

主人，我想告诉你我到了那个新主人家里之后很不习惯，感觉一天都待不下去。那个人给我喂了已经生虫的坏掉的谷粒，而且他还给我喝不干净的水。不论怎样，我也是一个生命啊，他怎么可以像对待一块没有生命的石头那样对我？另外，那个人用很难闻的渔线来系我的翅膀，我实在受不了，我实在无法接受自己有那样一个新主人。不行，绝对不行！当他把我放到了他家那白色的屋顶上之后，他下楼了。一看见他离开我就拍动着我的翅膀准备飞走。可是，我只感觉到两个翅膀根本抬不起来，而且还很痛。我并没有飞起来，而是掉在了旁边街道的一个商店的雨棚上。我只能坐在那里，等着救星出现。有几只雨燕飞过，我叫住了他们，可是他们并不是我的朋友。后来我又看到了一只野鸽子，我叫了他，但是他没有理我。就在那个时候，我看见了一只黑猫朝我走了过来。猫可是我们鸽子的天敌，我想这下完了。它朝着我越走越近，我看见他的眼睛里好像冒着红色的光一样。突然，他蜷起了身子准备向我扑过来。在这危机的时刻，我赶紧用尽全力跳了起来，跳到了那只黑猫上方的一个屋檐上去了。那里有一个雨燕的窝，我躲在那里。黑猫并没有立刻离开，直到过了很久之后，那只黑猫才离开。

这样下去也不是办法，而且这里很危险，于是我又跳了一下，上方是一个屋顶，我再次用力跳到了屋顶上。那个时候我的翅膀已经受伤了。为了减轻痛苦，我用嘴巴一直按摩着我翅膀上的羽毛的根部，就这样一根接着一根地按摩着。好像有什么滑了下来，原来是我成功地

花颈鸽传奇

把一根羽毛从渔线下面拉了出来。接着我又拉出第二根，看！我又成功了，那种感觉真的很好。就这样一根接一根，我慢慢地将所有的羽毛都从渔线的束缚中解脱出来了，可是那个黑猫在这个时候又出现在了屋顶上。但是我现在不用怕他了，我已经是自由的了。我忍着痛拍着翅膀飞到了旁边一个很高的建筑的屋檐下，在那里我找到了一个更容易站住的地方。等做完这一切我才转过身去看那只可怕的黑猫，他正蜷着身体，朝着我刚才飞走的那个地方扑了过去，但是那里只剩下一根渔线了。这下子我才突然明白过来，原来那只黑猫并不是想吃我，他是被绑在我身上的渔线上的鱼腥味吸引过来的。于是我立刻像刚才那样尝试着把另一个翅膀上的渔线给弄下来。这并不是一件很容易的事，等我拉出来一半的羽毛的时候，天已经慢慢黑了。我还是坚持着，就这样，在我的努力下，我的翅膀终于摆脱了束缚。可是天已经完全黑了，我只能在黑暗中等待着黎明的到来，等天一亮我就立刻飞回家。因为天还没有完全亮的时候，天空中会有很多的猫头鹰，老鹰也会出来，我只希望自己能安全地到家。现在，我已经回到了家，又饿又渴。

上面就是当时花颈鸽给我们说的他的经历。现在，每当我买了鸽子，我做的第一件事就是给他们新鲜的食物和水，我绝对不会把他们洗过澡的水给他们喝。

那次花颈鸽回来之后，他的翅膀上都是鱼腥味，我便把他和其他的鸽子分开，让他单独住在一个地方。大概过了三天，洗了三次澡之后，花颈鸽身上的鱼腥味才慢慢地消失了，变得和其他的鸽子一样了。

顺便说一下，后来我的父亲让我把那个买了花颈鸽的人当时付给我的钱退给他了。可是就是因为那个人，花颈鸽才会遭受那样的事情，我当时心里挺不愿意的。但是现在想起来，父亲的决定是对的。

过了两个星期左右，那些我新买回来的鸽子们的翅膀还是用绳子系着的，我决定用吃的来收买他们。每天早上，我会把一些小米种子、花生和酥油泡在一起。等泡了整整一天之后，我再把这些小米和花生喂给我新买来的那些鸽子吃。一般他们都会很喜欢，这对他们来说都是美味的食物了。就这样喂他们吃了两天之后，每天下午五点左右的时候，那些鸽子们就会一个个习惯性地跑到我的身边来，问我要吃的。

又过了三天，我解开了他们的翅膀。当时是四点四十五分，我非常小心，害怕伤到他们。当每只鸽子知道自己重获自由的时候，他们就立刻飞了起来。我当时还有点担心，要是他们再也不回来怎么办呢？可是你看，在他们发泄了重获自由的那种喜悦之后，他们又回到了我家的屋顶上，跑到我身边来要晚饭吃。看来我的酥油小米种子和酥油花生果然有用啊！但是我不得不说，用食物来获得鸽子们对我的忠诚并不是很值得赞扬的一件事。可那又怎么样呢？我知道很多人都是用这种方法来留住他们的鸽子的。

第十章
为战争而训练

　　在接下来的日子里，那些我新买来的鸽子们慢慢可以飞得离家越来越远了。在那个月的最后一天，我把他们带到了一个离家很远很远的地方，然后把他们都从笼子里放了出来。结果，除了两只鸽子飞回了他们原来的主人的家里之外，其他的鸽子都在花颈鸽的带领下飞回了我的家。

　　其实，在动物界里想要获得领导权并不是一件容易的事。我又买了好多只鸽子，所以我家这群鸽子需要有一个领导，要从花颈鸽，还有另外两只叫作希拉和佳禾的公鸽子里面选出来。他们三个必须要竞争才行。

　　佳禾是一只纯黑色的翻头鸽，他的羽毛有黑豹的皮毛那样的色泽。他的性格很温和，可是他却不愿意服从花颈鸽的领导。你也知道，一般的信鸽是非常吵闹的，而且他们还特别高傲，喜欢炫耀自己。我养的所有的公信鸽每天都在屋顶上咕咕咕地叫个不停，而且还趾高气扬地走来走去，就像他们是所有鸽子的领导者一样。

希拉是一只白色的信鸽，他一直觉得自己就像雪花一样白。如果说花颈鸽认为他自己是法国伟大的领袖拿破仑的话，希拉就一直觉得自己像亚历山大大帝那么伟大。佳禾并不是一只信鸽，就让我们当他是凯撒大帝和马歇尔将军的结合体吧！

除了这三只最自大的鸽子，还有其他的一些自以为是的公鸽子，可是他们在之前进行过的比拼中已经输给这三只鸽子了。所以，现在的问题就是要在花颈鸽、希拉和佳禾中间选出这群鸽子的领导者。

有一天，希拉一边整理他的羽毛，一边和佳禾的太太聊天。佳禾的太太是一只很美丽的黑鸽子，眼睛非常美，像鸡血石那么红。本来什么事都没有的，可是不知道佳禾从什么地方走了过来，看到了这一幕。结果，佳禾非常生气，他立刻朝着希拉冲了过去。希拉也气得不得了，他只是和佳禾的太太聊聊天而已，没想到佳禾的脾气那么大，不分青红皂白就发疯似的扑向自己。于是，他也狠狠地朝佳禾反击了过去。

他们两个谁都不甘示弱，非要和对方拼命。其他的鸽子看到他们打得这么激烈，都匆匆围过来看热闹。佳禾和希拉已经完全纠缠在一起了，打得难舍难分。

花颈鸽听到动静之后也来到了这里，他非常平静地站在旁边，就像比赛场上的裁判一样，观察着眼前的两个对手。经过了几分钟的厮打，希拉获得了胜利。他得意极了，把自己身上的羽毛都竖了起来，好像在对其他的鸽子说："你们都来看看，到底是谁厉害，居然敢和我打架！现在你们都知道谁才是最厉害的鸽子了吧！"然后，希拉走到了佳禾的太太的身边，似乎在对她说："你的丈夫真是个胆小鬼，你刚才看到我是怎么将他打败的了吧！"可是，佳禾的太太听完之后，只是鄙视地朝希拉看了一眼，什么也没说，拍了拍翅膀走到佳禾身边。然后，他们夫妇俩一起回到了自己的窝里。

希拉就像是被佳禾的太太泼了一盆冷水一样，顿时变得垂头丧气、闷闷不乐起来，刚才的神气顿时消失得无影无踪。

接着，希拉就像是神经病发作了一样，忽然拼命地朝着站在旁边的花颈鸽扑了过去。花颈鸽还不知道发生了什么事，完全没有防备，他一下子没有反应过来，差点就被希拉的这一击给打昏了。希拉并没有给花颈鸽喘息的机会，他一边用嘴啄着花颈鸽，一边还用翅膀拍打他。花颈鸽被打得头晕目眩，站都站不起来。无奈的花颈鸽只能在地上翻滚着逃跑。他只想赶快躲开已经疯了的希拉，可是希拉一直在他后面紧追不舍，于是他们两个就这样一前一后，像陀螺一样绕着圈跑着。他们两个的速度都很快，我分不清哪个是希拉哪个是花颈鸽了，而且我都不知道他们什么时候停止追逐又开始打起来了。到处都能听到他们两个拍打翅膀发出的那种噗噗的声音，看来他们打得很激烈。我突然有种不太好的预感，害怕他们其中一个会受伤，这可不是我希望发生的事情。

他们打得更加激烈了，他们两个身上掉下来的羽毛都在空中飞着。突然，他们两个嘴对着嘴，爪子也互相抓在一起，然后倒在了地板上，就像是摔跤一样，完全纠缠在了一起。扭打了一会儿之后，他们还是没有分出胜负。花颈鸽不想这样拖时间，他用力从希拉的爪子下面挣脱出来，然后飞到了空中。希拉当然也跟着他飞了起来，而且他使劲拍着翅膀，飞得很快，想要赶上花颈鸽。

不一会儿，希拉追上了花颈鸽。花颈鸽也怒了，他伸出了自己锋利的爪子，一下子抓住了希拉的喉咙，而且越抓越紧。在同一时间，花颈鸽还猛烈地朝希拉拍打着自己的翅膀。希拉身上的白色羽毛就开始一根一根地往下掉了，空中飘满了羽毛。

他们两个飞回了地上，接着又像两头猛兽一样疯狂地扭打在了一起。现在可是最后的关头了，谁坚持下来谁就获得胜利。最后,希拉被打败了。当时的他就像一朵枯萎的花一样躺在地板上,他的一只腿脱臼了。花颈鸽也好不到哪儿去,他脖子上的羽毛几乎全掉了,但是他现在很开心,因为无论如何他打败了希拉,受这点伤又算什么呢!其实花颈鸽很清楚,要不是希拉在之前和佳禾打斗的时候耗费了一半的力气的话,他不一定能够赢得这场斗争。可不管怎样,现在事情都结束了。

后来,我给希拉那只受伤的腿绑上了绷带,还做了一些治疗。

当这场打斗结束后,所有的鸽子又像平常一样继续吃他们的晚餐了,好像刚才什么都没有发生过一样。所有鸽子的血液中都有这样一种坦荡,不论发生了什么,他们不会对其他的鸽子心怀怨恨,毕竟他们都继承了他们祖先的良好品德。即使是最小的一只鸽子也知道这些道理。所以,希拉被花颈鸽打败之后,他就像是一个绅士一样坦然接受了自己失败的事实,并没有逃避什么。

时间过得很快,已经到一月了。天气依旧很冷,天空慢慢变得晴朗,现在到了鸽子比赛的好时节了。

在鸽子比赛中,每个养鸽子的人会带着他的鸽子进行三个方面的比拼:团体比赛、长距离飞行比赛和障碍飞行比赛。我的鸽子们赢得了团体比赛的第一名,但不幸的是出了一个意外,我的鸽子们没法参加其他两场比赛了。很多时候我们会遇到一些我们无法预见的事，你只能学着去接受它。

鸽子飞行团体比赛，顾名思义就是参赛选手家的所有鸽子要从他们各自的家出发，接着所有参赛的鸽子要聚到一起，他们会选出一个他们认为合适的暂时的领导，然后所有的鸽子都在那只鸽子的带领下飞行。在比赛过程中，他们的主人不能吹口哨来引导他们。

上面说的这些都是在鸽子们飞行的过程中发生的，鸽子们都会本能地做完这些事。

当时是早晨，温度很低，大概是那个冬天最冷的一天了，但是天气很好。蔚蓝的天空中没有一片云，很干净。整个城市都映入眼帘，各种颜色的屋顶很漂亮，有红色、蓝色、白色，还有黄色。远处的地平线笼罩在一片灰暗的紫色光线之中。镇上的男人女人们穿着琥珀色和紫色的睡衣，他们刚做完早晨的祈祷，一个个都站在自己的屋顶上朝着初升的太阳展开双臂，就像是在请求太阳赐福。接着，镇上慢慢喧闹了起来，各家各户的狗都醒了，走到外面汪汪汪地叫了起来。鸢和乌鸦们一边在空中飞着，一边叫个不停。但在这些喧闹声中，你还是可以听见有人在吹着长笛。就在那个时候，随着一声口哨响，鸽子飞行比赛开始了。

每个参赛者都会在自家的屋顶上挥舞着一面白色的

旗子，然后无数只鸽子从小镇的各个方向飞向天空。他们一群接着一群，各种颜色都有，一个个拍打着翅膀飞向天空。之前那些在空中飞着的乌鸦和鸢赶紧从空中退了下来，他们可不想从成千上万只鸽子组成的网中穿过去，那太可怕了。不一会儿，那一群群鸽子都分别组成了一个个扇形。

鸽子遍布整个天空，慢慢地越飞越高，但是所有鸽子的主人都知道哪些是自己的鸽子。即使等到最后，一群群的鸽子们都聚到了一起，成为了一个整体，像一堵墙在移动的时候，我也能够通过飞行的方式来判断出哪只是花颈鸽，哪只是希拉，哪只是佳禾。还有我的其他的鸽子我也认得出来。

每只鸽子在飞行的时候都有他独特的方式，和别的鸽子都不同。每当我们这些养鸽子的人想要呼唤自己的鸽子时，我们就会吹起响亮的口哨，然后在特定的时候停下来，这就是我们和鸽子沟通的方式。听到口哨声之后，鸽子们就会知道自己的主人在呼唤自己了，他们就会飞回来。

最后，那些聚在一起的鸽子已经飞到了一个很高的地方。即使鸽子的主人们吹口哨，鸽子们也是听不见的，这样可以保证比赛的公平性。其实，在那个高度即使是吹响喇叭，鸽子们也是听不见的。

鸽子们已经不再绕着圈飞行，而是改变路线，与地面平行着往前飞去。这个时候，争夺领导权的比赛已经开始了。

鸽子们从一个方向变换到另一个方向，我们这些站在地上的鸽子的主人们只能一直抬着头看。只有这样，我们才能分辨出那只被选出来的带领其他鸽子飞行的鸽子是什么样的。我看了一会儿，好像是佳禾准备带领大家飞。可是就在佳禾飞到所有鸽子最前面的时候，鸽群突然改变了方向，向右边转弯了。这下子就乱了起来，分不清谁是谁。但是每当有一只鸽子飞到最前面的时候，后面的鸽子们就会立刻赶上来，然后超过他。

在接下来的一段时间里，情况一直是这样。渐渐地，我们都开始觉得无聊了。这要等到什么时候才能选出领头的鸽子呀？我当时就感觉可能最后是一只很平凡的鸽子赢得了领导权。这么一想，我就变得没什么兴趣继续观看比赛了。

就在这个时候，鸽子的主人们都大叫起来了："花颈鸽！花颈鸽！花颈鸽！"我抬头一看，当时我看得很清楚，的确是我的鸽子在庞大的鸽子队伍的最前面，是花颈鸽最后成为了领头的鸽子，他将带领所有的鸽子飞到目的地！啊，这是一个多么激动人心的时刻！我觉得既骄傲又自豪！花颈鸽就这样带领着所有的鸽子从一边飞到另一

边，继续往上空升高。大概到了上午八点的时候，天空中已经看不到一只鸽子的影子了。我们这些鸽子的主人便纷纷收起了之前挥着的旗子，去忙各自的事情了。

到了中午，我们又一个个来到了自家的屋顶上。这时候，大家都可以看到那个庞大的鸽子群正在慢慢下降。你看，花颈鸽仍然在最前方的领头的位置！于是我又听见了大家的呐喊声："花颈鸽！花颈鸽！花颈鸽！"是的，花颈鸽已经赢得了比赛，因为他在过去的四个多小时里一直都保持着领头的位置。

现在，他正带领着鸽子们下降呢！接下来就是整个飞行中最危险的一个环节了，比赛的指挥官给出了解散的命令。于是，一群一群的鸽子又慢慢地从那个庞大的鸽子队伍里分离出来，朝着自己的家飞去，但是他们并没有飞得很快。有些鸽子还要留在天空中保护那些准备回家的鸽子们。花颈鸽带着我养的那群鸽子飞在最上空，组成了一个保护伞，让其他的鸽子们可以先安全地回家。这就是领导的意义——就是要牺牲自我才行。可是那个时候却出现了惊人的一幕。

在印度，到了冬天的时候，一种叫作巴兹的秃鹰会飞到南方去。这种秃鹰并不像老鹰或雕一样喜欢吃腐烂的肉，巴兹只会吃自己抓到的动物的肉。巴兹非常可怕，也很狡猾，我想他们在老鹰中应该算是地位比较低的那种。虽然他们的翅膀最末端并没有磨损，但是他们看起来却很像鸢。巴兹喜欢成对地飞在一群鸢的上方，这样子他们就可以用鸢作掩护，不被他们的敌人发现，而且这样他们就像是伪装成了鸢一样。

在鸽子飞行比赛那天，就在花颈鸽赢得了领导权之后不久，我看见一对巴兹和一群鸢飞在一起。当时我立刻把手放到嘴边，吹了一声口哨，想提醒花颈鸽注意。花颈鸽立刻就听懂了我的信号。于是，花颈鸽重新安排了一下鸽子群的队形，他自己飞在中间位置，然后命令佳禾和希拉飞在队伍的两边的末端，这样鸽群便以月牙的形状往前飞。整个队伍在一起就像是一只巨大的鸟一样。接着，所有的鸽子们都开始朝下加快速度飞了起来，因为现在他们在空中的任务已经完成了。早上和他们一起的鸽子都已经安全回家了，只剩下我的鸽子们了。有一只巴兹看见鸽子们突然快速往下降，便也像离弦的箭一样快速朝花颈鸽他们飞去。

不一会儿，巴兹就靠近了花颈鸽他们，他张开了翅膀朝着他们飞了过去。这并不是一个新花样，因为几乎所有的老鹰在遇到一群鸽子的时候，都会用这样的方式来制造混乱。不得不说，这种方法真的是百试不爽，几乎每次都能成功。因为每当鸽子们遇到这种情况的时候，就会被吓得四处乱飞，匆忙逃跑，根本就顾不上去维持

队形了。不用说,邪恶的巴兹就是想要这种结果。可是我的花颈鸽也是很聪明的,他看见了巴兹朝自己飞了过来,而且越飞越近,却依然带领着所有的鸽子很镇定地飞着。花颈鸽之所以这么做是因为他知道他们的敌人在遇到一群鸽子的时候,绝对不会去攻击,他们只会去攻击单独飞行的鸽子。只有保持镇定,他们才有胜算。

巴兹看见花颈鸽他们仍然很团结地飞在一起,也就没敢上前。花颈鸽领着鸽子们飞了大概有一百米的时候,突然又出现了一只秃鹰。那可能是刚才那只巴兹的妻子吧!巴兹太太飞到了花颈鸽他们的前面,然后像她丈夫之前做的那样张开了自己的翅膀,想吓唬花颈鸽他们。但是花颈鸽这次根本就不害怕了,他领着鸽群直接朝着巴兹太太飞了过去。这真是一件让人无法相信的事情,因为以前还从来没有一只鸽子敢这么做。巴兹太太也吓了一大跳,她也没想到花颈鸽居然不害怕她,而且看见这么一大群鸽子朝着自己飞了过来,她知道自己根本就没法和这么多鸽子对抗,便吓得赶紧躲到了一边。就在巴兹太太转身逃跑的时候,花颈鸽带着我所有的鸽子突然快速地俯冲下来。原来花颈鸽刚才就是想吓吓巴兹太太。现在,花颈鸽他们离地面大约还有两百米了,很快就可以飞到我家的屋顶上了。

或许是命中注定我的鸽子们要遭受严厉的考验吧,

之前消失的巴兹又出现了，他就像一颗火力十足的炮弹一样飞速冲了下来，而且这次他是朝着花颈鸽他们组成的那个月牙形的队伍的正中央降落的。看来这次巴兹是计划好了的。他张开翅膀和他的嘴巴，发出了尖厉的叫声，像一个火球一样扑了下来。

果然，这次巴兹如愿以偿了。花颈鸽他们本来还像一堵坚固的墙，在来势汹汹的巴兹的威吓下，鸽子群从中间被分成了两部分，一部分依然跟在花颈鸽后面，还有一部分完全被巴兹吓坏了，只能一窝蜂地往旁边逃跑。

在那样危急的情况下，花颈鸽像一个真正的领导者一样做出了正确的决定。他在队伍分成两部分之后，立刻就跟上了另一半被吓得惊慌失措的鸽群，直到他带领的那群鸽子飞到这群被吓傻的鸽子的前面。接着，所有的鸽子又汇聚成一个整体了。花颈鸽太棒了！

也就在这个时候，巴兹太太也回来了，她瞬间像一道闪电一样冲到了花颈鸽和鸽子群的中间。巴兹太太几乎是落在了花颈鸽的尾巴那里，她自然就将花颈鸽和其他的鸽子分离开来。其他的鸽子现在失去了他们的领导者，便只想赶快逃走，飞到一个安全的地方去，没有谁还注意着花颈鸽。这下花颈鸽落单了，他随时都有可能被巴兹夫妇攻击。但出乎我意料的是，花颈鸽并没有很惊慌，他立即往下冲，想要追上那些正在逃跑的伙伴。他很快就下降了三米左右，可是巴兹的速度更快，他一下子就冲到了花颈鸽的面前。花颈鸽看见敌人已经到了自己的跟前，想逃也难，只有拼死一搏了。这样想之后，花颈鸽反而变得更加勇敢了起来，他立刻在空中翻了个身。正是因为这个翻身，救了花颈鸽的一条命，因为巴兹太太当时已经在花颈鸽后面伸出她那双锋利的爪子了，如果花颈鸽没有这么做，他当场就会被巴兹太太的利爪抓住，那后果就不堪设想了。

在花颈鸽脱离危险的同时，其他的鸽子已经快速地逃离了，终于一个个安然无恙地回到了家。虽然这些鸽子都逃了回来，但我却知道他们之中有一只鸽子并不是胆小鬼，相反，他是一个真正的勇士。这只鸽子就是佳禾。因为就在除花颈鸽之外的其他的鸽子回到屋顶的时候，佳禾翻了个身，又往空中飞去。好不容易逃回来的，他怎么又要去冒险呢？我一下子就明白了佳禾想干什么，他是想去救花颈鸽。

看见佳禾又飞了回来，巴兹太太立刻改变了主意。她不打算去追花颈鸽了，她知道花颈鸽很聪明，不好对付，便俯冲到了佳禾的后面。接下来你应该猜到花颈鸽是怎么做的了。本来他也已经脱身了，可是看见佳禾为了救自己又陷入了危险，他又怎会见死不救呢！于是，花颈鸽又飞回去救佳禾。

花颈鸽冲到了佳禾和巴兹太太中间，接着他沿着曲线迅速往下飞。巴兹太太在后面气喘吁吁地跟着，因为巴兹太太没法像花颈鸽那样熟练地绕圈，不停地转来转去。然而，巴兹就没那么好对付了，他追鸽子的经验是很丰富的。他趁着花颈鸽被巴兹太太缠住的时候，抓紧时间对准佳禾飞了过去。这下佳禾又陷入危险了。佳禾看见巴兹飞了过来，立刻转了个弯，可是巴兹很快就追上他了。唉！可怜的佳禾，他居然犯了一个他从来没有犯的错误。当时佳禾是在巴兹的下方沿着直线飞行的，于是巴兹将翅膀往后一收，便立刻像一道闪电一样下降。他几乎没有发出一点点声音，佳禾当然也没有察觉到危险的到来。就这样，巴兹一直下降，我的心都提到了嗓子眼。接着，一件可怕的事情就发生了。

就在巴兹快要抓到佳禾的时候，花颈鸽不知道从哪里飞到了佳禾前面，挡住了巴兹的进攻。他是想要救佳禾啊！唉，巴兹并没有因为花颈鸽的出现而放弃他的计划。他伸出了两只锋利的爪子，抓住了突然冒出来的花颈鸽。花颈鸽被巴兹抓住后进行了一阵反抗，掉了很多羽毛。

我当时几乎可以看见花颈鸽在巴兹的爪下痛苦地挣扎着，我的心好像突然被收紧了一样。看见花颈鸽那样痛苦,我忍不住大叫了起来。可是我完全帮不上忙,只能眼睁睁地看着那残忍的一幕。尽管花颈鸽在挣扎,但巴兹还是抓着花颈鸽慢慢地越飞越高。

在这里我不得不提一件我觉得很愧疚的事情,那就是我当时全部的注意力都在想着怎么救花颈鸽,所以我根本就不知道巴兹太太已经抓住了佳禾。我后来猜测,应该就是在巴兹抓住花颈鸽之后不久,巴兹太太就抓住了佳禾。佳禾也挣扎过,他身上的羽毛飘得到处都是。后来,巴兹太太的爪子紧紧地抓着佳禾,佳禾根本就没法动弹。花颈鸽的情况还好稍微好一点,他还可以在巴兹的利爪下挣扎。看到这里,巴兹太太好像是想去帮助她的丈夫把花颈鸽抓得更牢一点,于是她就朝着她丈夫飞了过去。

就在巴兹太太注意力分散的时候,佳禾一下子从巴兹太太的爪子下挣脱了出来。佳禾这一挣扎让巴兹太太在空中摇晃了起来,失去了平衡,而且当时她已经靠近巴兹了,所以她的翅膀就和巴兹的撞到了一起。接着,巴兹也失去了平衡,他差点栽了个跟头。这个时候,花颈鸽趁机挣扎着脱了身,同时他身上的羽毛又掉了很多。

接着,花颈鸽便抓紧时间迅速下降。大约过了三十秒,花颈鸽终于气喘吁吁地落在了我家的屋顶上,他的身上还流着血。我着急地跑了过去,用双手托住了他,想看看他哪里受伤了。

　　经过一番检查之后，我发现他身子两侧都被巴兹的爪子抓伤了，还好伤得不是很严重，但我还是立刻带着花颈鸽去了医生那里。医生也很快就给花颈鸽处理了伤口，大概花了一个小时的时间。之后，我便带着花颈鸽回了家，把他放进了他的窝里。直到那时候，我才想起来佳禾，到处找也没有找到他。佳禾的窝也是空空的，接着我又来到了屋顶上，看见佳禾的太太站在屋顶的栏杆上，盯着天空，好像在寻找她丈夫的身影。

　　整整三天，佳禾的太太都是那样待在屋顶上。佳禾不见了，没有谁会比佳禾的太太更伤心。我想，佳禾的太太如果知道勇敢的佳禾牺牲了自己救了花颈鸽的性命，她或许还能得到一丝安慰。

第十一章
甜蜜的爱

　　那次受伤之后，花颈鸽的伤口恢复得非常慢。到了二月中旬的时候，他还不能飞到屋顶上方十米高的地方；而且他在空中的飞行时间也很短，每次无论我怎么在屋顶追着他跑，他最多只会在空中飞十五分钟左右，那已经是他的极限了。一开始我认为可能是花颈鸽的肺出了什么问题，但是医生检查之后说他的肺并没有问题，于是我又觉得可能是上次受伤带给了他很大的心理阴影，所以他才不愿意飞。可是经过一段时间的观察之后，我发现那也不是真正的原因。那这到底是为什么呢？

　　后来，我实在是无法忍受我曾经引以为傲的花颈鸽变成这样，便写了一封很长的信给老勾德，把花颈鸽的情况，还有之前发生的事情全都告诉了他。可是老勾德好像和一些英国人去打猎了，所以并没有给我回信。我想从老勾德那里得到帮助的想法彻底破灭了，于是我决定还是自己好好地再仔细检查一遍花颈鸽。

我每天都会把花颈鸽带到屋顶上，然后认真地观察他，可是我还是没有找到他不愿意飞的原因。渐渐地，我就对花颈鸽失去信心了。我想：或许以后再也见不到花颈鸽翱翔在天空中了。

到了二月底，我收到了一封老勾德写的信，那是他在丛林深处写了寄给我的。那封信有点奇怪，信的内容是这样的：你的鸽子受了惊吓，只要你让他从惊吓中恢复过来，他就会飞了。

信的内容就是这么简单，老勾德并没告诉我怎样让花颈鸽从惊吓中恢复过来，我也实在想不出什么办法能帮花颈鸽克服惊吓，再次张开翅膀。一味地在屋顶上追赶他，让他飞起来的想法是没用的，因为当我把他追到一个角落里的时候，他就会飞到另一个角落，然后站在那里。而且更让人担心的是，每当天空中有一片云或者一群飞翔的鸟儿的影子落在花颈鸽身上的时候，他就会不停地发抖。我猜肯定是因为每当有影子落在花颈鸽身上的时候，他就会想到巴兹，或者是其他的老鹰，以为他们就在自己的上方，所以很害怕。通过这些，我才知道那次的意外对花颈鸽的影响有多么大。

怎么样才能治好花颈鸽的恐惧呢？我真的不知道该怎么办。如果我们在喜马拉雅山上，我还能带着他到那个曾经驱散了他的恐惧的那位僧人那里去，但是我们现在在城市里，这里是没有僧人的。我现在唯一能做的就是等待，除此之外别无他法。

二月结束之后就是三月了，而到了三月，温暖的春天就到来了。这时候，花颈鸽经历了一场不同寻常的换羽毛的过程。他现在全身看起来就像是海底深处的蓝宝石那样美丽，我简直没法用语言去形容了。特别是那一天，我看见花颈鸽在和佳禾的太太说话，随着春天的到来，佳禾的太太身上的羽毛也变得很美丽。在阳光的照射下，她那双明亮的眼睛在她那黑色脸庞的映衬下就像是黑色天空中的一颗星星在发着光。其实我很清楚，佳禾的太太已经和花颈鸽在一起了。或许，这听起来对于他们以后的孩子来说好像不是一件很好的事，可是我想，他们两个在一起之后，花颈鸽或许可以克服他之前的那种飞行恐惧症，而佳禾的太太也能从痛苦和忧郁之中恢复过来。所以在我看来，这还是挺好的一件事。

为了能让他们两个更好地相处，我把他们两个放在一个笼子里，然后带着他们去找我的好朋友瑞佳。瑞佳生活在丛林的边缘地带，大概离我们有三百二十公里的距离。他住的那个村子叫作哥斯拉，坐落在一条小河的河岸边。那条小河的沿岸有很多高山，山上都长着浓密的树木，还住着各种各样的动物。

　　瑞佳家住在一个用混凝土做的很结实的房子里面。村里的寺庙也是用混凝土做的，就在瑞佳家住的房子旁边。那个寺庙的四周都是高高的墙壁，每到夜晚的时候，村里的农民们就会聚集到寺庙的院子里。瑞佳最喜欢做的事就是给他们读宗教故事，然后解释给他们听。当瑞佳在寺庙的院子里大声朗读的时候，远处的山上还会传来一声声虎啸，或者野生大象穿过河流的时候发出的叫声。哥斯拉村庄是一个既美丽又让人害怕的地方。这里几乎没有发生过什么危险的事情，但是如果你想抓什么动物的话，不用走多远就可以遇到各种各样的动物。

　　我是坐火车去哥斯拉村庄的，到那里的时候已经是夜里了，是瑞佳和他家里的两个仆人去车站接我的。我下车之后，瑞佳的一个仆人把我装衣服的包裹背在肩膀上，另一个仆人提着装着花颈鸽和佳禾的太太的那个鸟笼。我们每个人都提着一个放风的灯笼，瑞佳来的时候就给我准备了一个。我们排成一个纵队往前走着，有一个仆人在最前面带路，还有一个仆人走在最后面。

　　走了一个小时左右，我突然觉得有点奇怪，于是问瑞佳："我们为什么要绕路走呢？"

　　瑞佳回答道："春天到来的时候，野生动物们会经过

这里往北方去，我们不能为了走近路而进到森林里，那样很危险。"

我听完瑞佳的话之后大叫道："胡说！我以前经常这么做的，根本就没事。像现在这样走下去，我们什么时候才能到你家呀？"

"大概还有半个小时——"瑞佳的话还没有说完，我们脚下的土地好像晃动了起来，接着像是火山喷发一样，从我们的脚下喷出了什么东西，还伴随着很恐怖的声音。我吓得啊啊啊地大叫了起来。花颈鸽和佳禾的太太也不知道发生了什么，吓得在笼子里不停地扑扇着翅膀。

我立刻用那只没有拿东西的手抓住了瑞佳的肩膀，但是没想到瑞佳不但不像我那么惊慌，居然还大声笑了起来，而且那两个仆人也大笑了起来。

等他们终于笑完了之后，瑞佳向我解释道："你不是说你经历过很多这样的情况了吗？真的吗？但是为什么刚才附近的猴子被我们的灯吓得大叫，也把你吓成了这样？"

"你说是猴子？"我有点不相信。

瑞佳说："是的，而且是很多猴子。他们正在往北边去，我们刚才吓到了头顶上方的一群猴子，仅此而已。接下来每次老虎咆哮的时候，都会有猴子叫的，那时候你就别害怕了。"

不久之后，我们就到家了，而且也没再发生什么让我受惊吓的事情了。

第二天早上，瑞佳去了一个教堂。我爬到了他家的屋顶上，然后打开笼子，放出了花颈鸽和佳禾的太太。一开始，他们两个好像还有点糊涂，毕竟这对他们来说是一个陌生的地方。但是他们两个一看到我就在他们旁边，而且双手还捧着泡过酥油的种子，他们立刻就安静了下来，跑到我身边来吃早餐了。

那一整天，我们几乎都是在瑞佳家的屋顶上度过的。我不敢把他们两个单独留在屋顶上很长时间，担心周围陌生的环境会让他们两个觉得不舒服。

在接下来的一个星期里，花颈鸽和佳禾的太太慢慢习惯了在哥斯拉村庄的生活，把那里当成了自己的家；而且因为只有他们两只鸽子，所以他们每天都待在一起，变得非常亲密。这就是我希望看到的。看来我之前把他们和其他的鸽子分开，培养他们两个感情的想法是很有效的。

在我们来到瑞佳家的第八天，我和瑞佳都惊讶地看见花颈鸽居然追在佳禾的太太的后面飞了。佳禾的太太飞得很低，花颈鸽也跟在后面飞得很低。佳禾的太太看见花颈鸽追在她后面，便转了个身飞得高了一点，没想到花颈鸽也照着她那样做了，仍然紧紧地跟在她后面。佳禾的太太又飞高了一点，可是这次花颈鸽好像有点犹豫，他只是在她的下方绕着圈等着她，不敢往上飞。可是，我当时就感觉花颈鸽已经是在努力地鼓起勇气了。果然，花颈鸽没有让我失望，最后他好像克服了一直困扰着他的对天空的恐惧，勇敢地飞到了高高的天空中。

第二天早上，花颈鸽和佳禾的太太又飞到空中去嬉戏玩耍了，可是花颈鸽好像一直都不愿意往上飞，而且他也没有像前一天那样在佳禾的太太的下方打转，而是很快就往下飞了。我当时又糊涂了，不知道这到底是怎么回事，但是瑞佳是一个观察力很敏锐的人，他对我说："有一朵形状像扇子的云遮住了太阳，那朵云的影子可能突然映在了花颈鸽身上，于是花颈鸽就以为那是他的敌人。所以他立刻下降了，直到那朵云慢慢地移开，他才会……"

瑞佳说的果然没错，又过了几十秒之后，那朵云慢慢移开了，太阳的光芒再次照在了花颈鸽的身上。那一刻，花颈鸽停止了下降，又接着在空中转圈了。佳禾的太太也同样转着圈。之前，佳禾的太太发现了花颈鸽的异样，于是她跟在花颈鸽的后面下降了，然后她停在花颈鸽上方几十米的地方绕着圈等着他。现在花颈鸽已经开始慢慢上升了，他像一只老鹰一样快速地拍打着翅膀，越飞越高,越飞越高……不一会儿,不是花颈鸽跟在佳禾的太太的后面了,而是花颈鸽带着佳禾的太太在飞,他们已经飞到了很高的地方。看来花颈鸽害怕飞到高空的毛病已经完全好了。跟在他身后的佳禾的太太好像被他那敏捷的身姿和魄力给迷住了呢!

第三天早上,花颈鸽和佳禾的太太早早地就飞出去了。他们朝着旁边的高山飞了过去,一会儿之后就看不见了,就好像他们在山里面捉迷藏一样,从一座山峰飞到另一座山峰。过了一个小时之后,他们终于飞回来了,那时候大概是十一点。回来的时候,他们两个的嘴里都衔着一根草,看来他们是打算在这里做窝了。现在,应该称佳禾的太太为花颈鸽的太太了,她就要下蛋了。我想,我应该带他们回家了,因为花颈鸽的病已经完全好了。但瑞佳坚持让我多住一个星期再回去。

接下来的那一个星期,每天我和瑞佳都会带着花颈鸽和他的太太,花上几个小时的时间渡过哥斯拉村庄旁边的那条河,走到对岸看起来很危险的丛林里。我们是想走到离瑞佳的家八公里左右的茂密的森林里,然后把花颈鸽夫妇放出来,锻炼他们的方向感。因为现在花颈鸽除了还有点方向感,还会飞得高一点之外,其他的都不记得了。也就是说,因为爱情,还有环境和气候的变化,让花颈鸽从对飞行的恐惧之中走了出来。

　　我可以很肯定地说，几乎所有的麻烦都来源于恐惧、担心，还有厌恶。一个人只要有这三种情绪中的一种，其他的两个也会出现，他们就像是孪生姐妹一样。不论是什么动物，他们都会先让自己的对手害怕，然后才能将对手给杀死。简单地说，其实是动物们内心的恐惧先将自己打败，然后他们的对手才能将他们打败。

第十二章
为人类而战

八月的第一个星期，就在花颈鸽的孩子出生后不久，老勾德就带着花颈鸽和希拉从加尔各答坐船到孟买。老勾德是带着他们两个去世界大战的战场上的。因为我们的军队需要信鸽，所以我就决定让还是单身汉的希拉和已经成为父亲的花颈鸽去了。

我很高兴花颈鸽在他离开家上战场前就知道他的孩子们就要出生了。我之所以会觉得高兴是因为我知道如果一只公鸽子的妻子和刚出生的孩子在等着他回家的话，他就一定会回来的，所以我相信花颈鸽一定可以安全地回到家；而且，花颈鸽和他的亲人们之间的那种牵挂让我坚信他一定会在战场上完成好送信的任务，为我们的国家做贡献。

但是有人可能会说花颈鸽的家是在加尔各答，而战场是在千里之外的地方，他又怎么认识回来的路呢？这的确是事实，但是我知道现实情况虽然如此，可只要花颈鸽想到他深爱的妻子和他们的孩子在家里等着他，就会尽他自己最大的努力回来，至少可以找到他现在和老勾德所住的地方。后来，我听说花颈鸽在前线战场和陆军总司令部之间传达了很多很重要的信息。总司令和老勾德每次都是在总司令部等着花颈鸽的消息。

当然，花颈鸽一开始是很喜欢跟着老勾德的，可是在接下来的几个月里，他越来越喜欢总司令了。当时是老勾德带着花颈鸽和希拉去前线战场的，因为我当时年纪还很小，没法去战场上当兵，便只能由老勾德带他们两个去了。

在从印度到法国马赛的途中，花颈鸽和希拉很快就和老勾德成为了好朋友。其实，我知道一般的动物都很容易和老勾德成为朋友，可能是因为老勾德长期生活在丛林里吧！现在，他们也只有老勾德可以依靠了。

从1914年的九月一直到第二年的春天，老勾德和花颈鸽他们是在佛兰德斯①战场上的印度军队中工作的。

---

①佛兰德斯：欧洲西北部一块历史上有名的地区，包括今比利时的东佛兰德省和西佛兰德省、法国的加来海峡省和北方省、荷兰的泽兰省。

老勾德一直待在总司令部，他还带着那个装着花颈鸽和希拉的笼子，可是那个时候，花颈鸽和希拉已经被分配到了前线的不同部门去了。

在战场上，战士们经常会用很轻很轻的那种薄薄的纸写上各种消息，然后把纸条绑在信鸽的脚上，再把训练好的信鸽放飞，信鸽就会把信送到目的地。花颈鸽总是会送信到老勾德所在的总司令部。等把信送到总司令部之后，总司令就会打开纸条，然后写好回信绑在花颈鸽的脚上，他再送回去。后来我听说总司令很喜欢花颈鸽，而且觉得花颈鸽非常棒，每次都能很好地完成任务。

我觉得还是要听听花颈鸽自己是怎么说的，因为只有当事者才能真实地讲述自己经历过的事情，所以就请大家听花颈鸽来讲述一下他在战场上的冒险经历吧！

在我们坐船穿过了宽阔的印度洋和地中海之后，我们坐火车经过了一个很奇怪的城市，那个城市位于法国。虽然那个时候才九月，但是法国却已经像印度的冬天那么冷了。于是我就期待着在那里可以看到冰雪覆盖的山峰，还有一些高大的树，因为我以为我们正在靠近喜马拉雅山。尽管我一直望着地平线，却一直没有看见高高的山峰。我很不理解为什么这个地方海拔并不高，却这么冷。

最后，我们坐车来到了战场上，后来我知道了我们去的那里是战争的最后方，但是即使在那里，你还是可以听见隆隆隆的炮火声响个不停。就像所有的鸽子一样，我很讨厌那些形状各异的枪炮。在我看来，它们就像是金属制成的狗一直在叫个不停，然后发出一颗颗带着血腥的弹药，我真的很不喜欢。我在战场上住了一段时间之后，那个考验我们的夜晚终于来临了。

除了我和希拉之外，还有四只鸽子是来自印度的，所以这里一共只有六只印度鸽子。你应该也知道希拉的性格是又冲动又鲁莽的。那天就在我们刚飞到了一个很大的村庄上方的时候，希拉就朝着发出隆隆炮弹声的地方飞了过去。他是想去看看那里到底发生了什么。我也不能让他单独去冒险，所以也跟着他一起去了。

过了不到一个小时，我们终于飞到了那里。天哪，那里真的太吵了！大团大团的火球在四处乱飞，一颗颗炮弹就从我和希拉的下方落到地上，然后爆炸开来。当时我很害怕，所以我本能地越飞越高，想远离那些可怕的炮弹。但是即使是在高空，我也没有找到一个安全的地方，时不时地就会有一只庞大的老鹰冲过来，然后像一只大象那样咆哮着。一看到这样的情形，我和希拉都吓得胆战心惊，赶紧朝着正等着我们的老勾德所在的方向飞了过去。

这时候，居然有一只老鹰跟在了我们的后面，我们发现之后就飞得越来越快，还好那只老鹰并没有赶上我们。可是就像我们猜测的一样，越来越多的老鹰朝着我们住的地方冲了过去，我感觉死亡好像就要来临了。老鹰们肯定是想等我和希拉回到笼子里之后再抓住我们吃掉。可是，他们突然停止了，并没有继续往我们这里冲，而是从空中掉在了地上，就像死了一样。然后，有两个人分别从那两只老鹰的身体里跳了出来，跑开了。

我当时觉得很奇怪，那时我们并不知道刚才看见的老鹰其实是人类造的飞机。我一直都在想老鹰怎么能把人吃进肚子里呢？而且，人竟然还能从他们的肚子里活着出来！很快，那些刚从老鹰的肚子里走出来的人好像完成了自己的任务，又爬进了老鹰的肚子里。伴随着一阵嘈杂的喧闹声，那些老鹰又都活了过来，重新飞上了天空。这下我才知道这些并不是老鹰，而是人类用来运输人的工具。想到这里，我舒了一口气，没那么担心了。

一开始，战场上的一切对我来说都很奇怪，可是等我们慢慢熟悉之后就不那么认为了。可是我们还是被一个问题给困扰着，那就是晚上的时候，还是能够听到持续不断的炮弹的隆隆声，还有战场上的各种噪声，所以我们晚上从来都睡不了一个好觉。在军队生活的那几个月里，我从来没有好好地睡过一觉。很显然，那时候我和

希拉每天都处在紧张和焦虑之中。

我的第一次冒险经历是为前线的一个叫作拉塞达的军官送一封信。前线有各种各样的炮弹，每天从早到晚都轰隆隆地响个不停。

拉塞达军官统帅着很多来自印度的加尔各答的士兵。他用一个笼子装着我，还用一块黑色的帆布盖住整个笼子，然后带着我还有他的几十个士兵朝着前线的战壕出发。

我们在黑夜中前进了好几个小时。因为我的笼子被帆布盖得死死的，我就觉得那是黑夜了。我们到达目的地之后，拉塞达军官就把盖在我笼子上的帆布给取了下来，我终于重见光明了。我环顾了一下四周，才发现周围都是墙，而且墙上有很多很多戴着头巾的印度士兵挤在一起趴在那里，看起来就像是一窝一窝的小虫子一样。

头顶上是那些巨大的飞机在飞来飞去，那隆隆的声音听起来很恐怖。那是我第一次去试着辨别身边的各种声音。虽然身边都是隆隆隆的爆炸声，但是我现在却能辨别出这些爆炸声有很多种，并不一样。其实，对我来说最难辨别的就是人类说话的声音，因为在震耳欲聋的爆炸声中，人类说话的声音就像是一阵微风吹过草地时发出的声音一样，非常非常小，真的很难听出来。时不时地就会有士兵举起手中的枪，进行一阵扫射，然后又有士兵加入扫射的队伍。接着，我就只能听见震耳欲聋的炮弹声，可是这激烈的炮弹声还是会被天上飞的一群群的战斗机的声音给淹没掉。那些战斗机就像是疯狗一般，在天空中狂吠个不停。他们互相追逐，互相攻击，都如拼了命一般。

拉塞达军官现在就是我的上司了，他也举起枪对着天空连续开了几枪。你快看！刚才那几枪居然射中了空中的战斗机。那架战斗机就像是一只被射中的鸟一样从空中掉落了下来，接着就听见了一声爆炸声，一团巨大的火焰从地上升了起来，慢慢升上高空膨胀开来，像一把巨大的伞一样把下面的一切都盖住了。这是多么惊人的一幕啊！那个时候，我完全怔住了，只能呆呆地望着那个对我来说奇妙的景象。我觉得我永远也不会忘记战场上那轰隆隆的声音。

为什么美丽和死亡会离得这么近呢？当时战场上的各种各样的声音、一个个落在地上开了花的火球，还有在头顶上轰鸣的飞机……这一切都让我的灵魂为之震颤。渺小的人类不停地掉在地上，然后像是洪水中逃生的老鼠一般四处乱窜，只为活命。

拉塞达军官现在也受了伤，正在流血，他的衣服都被染成了红色。他正焦急地在一张纸条上写着什么，写完之后立刻将纸条绑在我的腿上，然后把我从笼子里放了出来。我通过他的眼神就知道他现在的情况一定很危急,他肯定是想让我去通知老勾德带兵来支援他。

拉塞达军官,你看着我飞起来了,可是你知道吗,我飞起来之后看到的场景几乎让我整个身体都僵住了。我们战壕的上空简直就是一个火药厂,怎么样突围出去是我当时面对的最大难题。我不停地摆动尾巴来改变方向,几乎每个方向都试过了。可是无论我往哪个方向飞,我都感觉头上有成千上万颗子弹在穿梭,就好像织出了一张死亡之网。只要碰到这个网,我的生命就终结了。可是没有办法,这个时候我不能退缩,只有前进,我背负着多少人的性命。我可是花颈鸽,我的爸爸那么勇敢,我要给他争气才行!

就在那时,我碰到了一股气流,那股很强的气流立刻把我卷了进去,然后把我带到了上空。我感觉我的两个翅膀都受伤了,然后我的身体就像是一片落叶在飘荡。我随着气流忽上忽下,直到我远离了那层越来越密集的死亡之网,我才用力拍着翅膀,挣扎着从气流中飞了出来。可是那时又出现了一个状况,我根本看不清楚周围是什么了,我只能不停地在心里默念:"去找老勾德,去找老勾德!"每次我这么默念的时候,我就会感觉一道电流贯穿身体,然后我就会精神振奋,全身充满了力气。

　　我知道我现在已经飞到很高的地方了，我定了定神看了看四周，确定目标之后，我立刻朝着西边飞了过去。忽然有一颗子弹从我身边穿过，我的尾巴受伤了。那颗子弹把我一半的尾巴给烧断了。这下可把我激怒了，我的尾巴一直是我的骄傲，我都不愿意给别人碰，更别说被子弹射击了。但我知道现在最重要的是送信，于是我加快速度朝老勾德的方向飞去。

　　我就快到了，当我正准备下降的时候，有两架战斗机出现在我的上方，他们的打斗使得一团团的炮火直往下落。他们打得越来越激烈，炮火也越来越多了。我立刻往下冲，能越快远离他们越好，那里太危险了，不宜久留啊！

　　在下降的时候，我想：要是下面有几棵树就好了！的确，地面上是有树，可是大多数都在炮火的摧残下只剩下树桩了，既没有茂密的树叶，也没有长长伸展开的树枝。我没有办法，只能在那些树桩上方迂回前进着，就像是在逃命一样……

　　我终于到达了目的地，停在了老勾德的手腕上。他把线弄断，然后从我的脚上取下了拉塞达军官写的信送给总司令官。

　　我看见总司令官的脸就像樱桃一样红，而且他身上还有一种好闻的肥皂的味道。总司令官当然不像其他的士兵，他每天都会打肥皂洗三四次澡，把自己弄得干干净净的。总司令官读过我送来的信之后，便在那封信上又写了什么，然后他拍了拍我的头，说了些话。

第十三章
第二次历险

　　我的第二次冒险是在拉塞达军官那次受了伤已经恢复了的时候，我又被带到了前线。

　　这一次拉塞达军官既带了我，也带了希拉。我立刻就知道这次我们要送的信肯定非常重要，所以才会让我和希拉一起去送。如果我们两个其中一个出意外的话，至少另一个可以把信送到目的地。

　　那时候已经非常冷了，我感觉自己生活在一个冰雪王国里。那里整天都在下雨，地上的泥巴很湿滑，如果踏上去，你的脚就会立刻陷进泥巴里，就如同陷入沼泽一般。同时，你的脚还会感觉很冷，就像是踩在冰块上一样。

　　现在我们来到了一个奇怪的地方，这里并不是上次那样的战壕，而是一个小村庄。整个村庄的周围都是持续不断的炮火声。通过观察拉塞达军官的眼神，我知道这个村庄应该是一个神圣且重要的地方。所以我们的军团不想失去这里，即使这里的每一寸地方都面临着炮火的威胁，家家户户的屋顶都被红色的火光染红了。但是我很高兴，因为这个村庄的上方很空旷，可以看见低低的灰色天空，甚至能看见远处的一片片白色的土地，即使那里也被炮火摧残了。那里刚好位于战场的中间位置，是炮火最激烈的地方。那里一片荒凉，房子就像是暴风雨中的鸟窝一样，老鼠们满地跑，到处偷着人类的食物，现在对他们来说可是个好时候。很多地方已经没有人烟了，只剩下蜘蛛们织着网去捉飞虫吃。这些动物依旧忙着自己的生活，并没有因为人类的屠杀而受到影响。人类的战争对他们来说就像是天上飘的云朵一样，似乎跟自己一点关系都没有，所以他们依旧可以生活得很好。

过了一会儿之后，爆炸声停止了。再看看这个村庄，应该说这个残存的村庄在这一刻远离了血腥的屠杀，就像其他宁静的小村庄一样了。天越来越黑了，空中布满了黑黑的云，就像压在头顶上。我感觉自己只要一抬头，嘴巴就可以碰到天空了。天一黑我就觉得更冷了，全身的每一寸皮肤好像都被又冷又湿的空气包围着。我们几

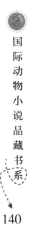

乎没法在笼子里站住不动，就好像立刻会被冻僵的。于是，我和希拉紧紧地靠在一起，这样我们两个还能觉得暖和一点。

不久之后，炮火又漫天飞舞了。这一次更加激烈，到处都是穿梭的炮弹。我们所在的那个小村庄就像是茫茫大海中被敌人包围的小岛一样。现在还下着浓雾，很显然，在浓雾的掩盖之下，敌人们已经把我们和后方的联系完全切断了。我们的士兵只能对着天上盲目射击。现在到处都是又黑又湿的，我仿佛又来到了喜马拉雅山的夜晚。

接着，我和希拉都被放出来去送信，我们先往上方飞了一会，那时候并没有飞远，可是一会儿之后我们就完全被浓雾给淹没了。我们根本看不见周围有什么，也分辨不了方向。一股潮湿的烟雾朝我们迎面逼近。我早就预料到会有这样的情况，于是我就做出了一个决定，不论是在战场上，还是以前在印度的时候我都会这么做。

我朝着上方飞，但是我的速度非常慢，因为我的翅膀被浓雾弄湿了，变得很重。我的呼吸也变得很困难，总想打喷嚏。我绝望地以为我可能随时都会掉下去摔死。可是没想到，慢慢地，我居然可以一点点看清周围了。这让我觉得有点希望了。我努力继续往上方飞，可是我觉得眼睛有点不舒服。我突然意识到我应该把眼睛上的那第二层眼睑给放下来，那是我眼睛上的一层保护膜。每当我在沙尘暴中穿梭的时候，就会把保护膜放下来，这样可以保护我的眼睛不受损伤。

我知道周围并不是浓雾，而是我们的敌人放的什么烟雾。这种烟雾的味道有点刺鼻，好像有毒，会损害人的眼睛。我的眼睛很痛，就像是有人在用针扎一样。我眼睛上的保护膜已经放了下来，我屏住呼吸，然后奋力往上飞去。飞在我旁边的希拉也和我一样上升了，他的情况好像很糟糕，他快被那毒烟雾给熏死了。可是他并没有放弃，还在顽强地飞着。终于，我们两个渐渐远离了那片有毒气的区域，周围的空气又恢复了清新。我把眼睛上的保护膜给收了起来，然后睁开眼睛看了看周围，我发现了我们的目的地，于是我们两个立刻朝着那里飞了过去。

就在我们朝着目的地飞了一半的距离的时候，一架可怕的战斗机呼啸着从远处飞来，离我们越来越近，并且开始朝着我和希拉开火，啪啪啪。我和希拉立刻反应过来，朝着旁边躲开，接着我们两个飞到了战斗机的后面，这样它就没法从正面攻击我们了。后来，我们加快速度飞到了战斗机的尾部，这下它就对我们无计可施了。那架战斗机只能在空中绕圈，不停地翻转，我们也跟着它绕圈，翻转着。它毕竟不像我们鸟儿可以自由活动自己的尾巴，它也不是我之前以为的老鹰，它是机器，尾巴很僵硬。我和希拉都清楚，如果我们两个再次飞到战斗机前面的话，我们两个肯定就性命不保了。

时间在不断地流逝，我知道我们不能永远待在战斗机的尾部和它僵持，这样下去不是办法，我们还有重要的任务要完成。刚刚我们离开的那个被毒烟雾包围的村庄里还有我们的同胞和拉塞达军官，我们必须要把信送到目的地，通知援军去救他们才行！

就在那个时候，那架战斗机朝着之前来的地方飞了回去，我们可不想跟着它回到他们的阵地，那样我们很快就会被敌人用机枪射死的。而且我们现在已经飞了一半的路程了，可以看见我们的营地，只要再努力一下就可以回去了。我们打算小心地从战斗机后面离开。我们转了个身朝着相反的方向飞了过去，用尽全力以最快的速度，不停地拍打着翅膀往高处飞。可是那架战斗机很快就发现我们逃走了，便立刻转过头来跟着我们。幸运的是在它发现之前，我们已经飞了挺长一段距离，快到我们自己的阵营了。

那架战斗机依然跟在我们后面，开始不断地朝着我们发射炮弹，啪啪啪。我和希拉不得不立刻下降，朝着地面俯冲了下去。当时，我让希拉飞在我的下面，这样我还能保护他一点。

虽然我们很快就逃脱了，可是有些事情想躲也躲不掉。不知道从哪里又飞来了一架战斗机，朝着追我们的那架战斗机开火了。看来是我们军队的战斗机来救我们了。这下我和希拉放心了，便并肩往前飞着。一颗子弹不知道从哪里突然射了过来，从我身边划过，却穿过了希拉的翅膀。可怜的希拉！他立刻就像一片落叶一样在空中转着圈往下降，还好这里已经是我们的阵营了。看见我的好战友希拉死了，我也很难过，现在只有我去完成我们的任务了。此刻，我又加快了速度，像一道闪电一样往目的地飞，不再管身后的那两架战斗机的情况。

我终于飞到了目的地，被带到了总司令那里。他拍了拍我的背。那个时候，我才知道我送来的信有多么重要。因为我看见总司令读过我送来的信之后，碰了碰一种很奇怪的东西，那个东西发出滴答滴答的声音，我还从来没有见过。然后，总司令拿起了一个像喇叭一样的东西，还对着那个东西大叫。

我的使命已经完成了，于是老勾德带着我回到了我的窝。我站在窝里想着战死的希拉，突然感觉脚下的土地像是地震一样在晃动着。我看见空中都是密密麻麻的战斗机。他们每个都在翻转咆哮着，地上还有无数的坦克大炮在移动着，发出轰隆隆的声音，震得四处都在晃动。

　　然后，我又听到很吵的爆炸声，就像是整个森林里的老虎同时咆哮一样。老勾德拍了拍我的头说："今天多亏你把信送到了这里！"但是明天、后天呢？我不知道未来会怎样。现在整个天空都是灰蒙蒙的，我听见到处都是亡灵发出的尖叫声，好像有一种看不见的力量可以在一瞬间把所有的东西都毁灭掉。

　　如果你接着听我说的话，你会觉得很可怕，因为第二天早上当我飞出去活动身体的时候，就在距离我的窝几百米的地方，整片土地被炮弹炸出了一个大大的洞。就连那些躲在土里的老鼠和田鼠都没有躲过这一劫。这里的几十只老鼠都被炸得粉身碎骨。

　　天哪！太可怕了！我真的觉得很难过，希拉也死了，现在只剩我一个要去面对这可怕的战争。

　　我突然很讨厌这里，我想要离开。

第十四章
外 出 侦 查

　　在十二月的第一个星期，老勾德带着花颈鸽准备去外面侦查。他们要去的地方是一片森林，离比利时的伊普尔、法国的阿尔芒蒂耶尔和阿鲁布兹克都不远。如果你拿出法国的地图，在法国的加莱城的南边画一条直线的话，那条直线就会经过很多有印度和英国士兵驻扎的地方。在法国的加莱城的附近有很多在战场上牺牲的印度士兵的坟墓，他们全部都是伊斯兰教的教徒，没有一个是印度教的教徒。因为从很久很久以前开始，印度教徒们就开始把他们的死者火化，而那些被火化的人是没有坟墓的。他们的骨灰会被撒在风中，所以没有一个地方会留下他们的痕迹可以让他们的亲人来纪念他们。

　　还是说说老勾德和花颈鸽吧。他们被派遣到了阿鲁布兹克附近的一片森林里，就在敌人前线的后方位置。他们两个这次的任务是去那里找到敌人临时军火供应站的确切位置。如果他们这次成功的话，老勾德和花颈鸽就能够在十二月里回到英国军队的总指挥部了，花颈鸽会坐着飞机离开。

花颈鸽飞到了森林上方三万多米的高空，下面一部分是被印度军队占领的，还有一部分是被德国军队占领的。花颈鸽是在他和老勾德走到了德国军队的前线的后面才被老勾德从笼子里放出来的。他飞到森林的上空，大致了解了一下这一片的地形，然后就回去找老勾德了。花颈鸽对这块区域相对熟悉了一点，这对他以后执行任务也会有好处的。

那天下午太阳开始落山的时候，大概是四点，他们的位置是在和美国纽约相隔十个纬度的北边。当时老勾德穿得很多，花颈鸽就躲在他的大衣下面，他们就这样出发了。他们是从印度军队的第二个前线那里出发的，那里还是茂密的森林，他们坐上了一辆救护车。救护车在一片漆黑中朝着前线行驶。当时还有一些军队里的情报人员和他们在一起。

很快，老勾德和花颈鸽就在所谓的"无人区"下了车，但是很幸运的是那里长着很多的树，而且大部分的树还是好好的，并没有被炮火摧残。老勾德并不会说法语或德语,英语也只会说三个单词——"可以""不行"和"非常好"。这个时候,他一个人带着一只已经在他的大衣下面熟睡的鸽子在森林里找到了德国军队的军火储藏地,可他该怎么办呢?

首先,老勾德想到了他现在所在的地方的寒冷气候和喜马拉雅山的气候很像,到了冬天,所有的树叶都会凋零,只剩下光秃秃的树干,地上就会覆盖着厚厚的落叶和冰霜。既然树上几乎没有什么树叶,那么老勾德想要隐藏自己不被敌人发现就会变得很困难。

那时候是晚上,很黑,又很冷,可是老勾德凭借自己在森林里的生活经验,还是比我们平常人更清楚周围的事物;而且他的鼻子像狗一样灵,所以他在无人区中前进并不是一件很难的事情。而且幸运的是,那天晚上吹的是东风。老勾德在满地的树桩之间小步地移动着,但这已经是他的最快速度了。

他那灵敏的鼻子闻到了在几分钟之前有一队德国兵从他现在走的这条路上经过。于是老勾德立刻停了下来,然后爬到了一棵树上等着那些德国兵走远一点,不然他很容易被发现。好在走在前面的那队德国兵并没有听见一点点的声音。如果那时候是在白天的话,老勾德或许就被德国兵发现了。当时老勾德是光着脚走在冰冻的雪地上的,他的脚在前进的过程中受伤了,流着血,他的身后留下了很明显的脚印，所以如果德国兵看见了地上的血迹肯定会抓到他的。

接下来老勾德死里逃生。前面说到他爬到一棵树上，然后坐在树枝上等着一队德国兵走远。突然，老勾德听见了一个坐在另一棵树上的德国兵对他说话。他立刻就知道那个说话的德国兵是一个狙击手。老勾德低下了头认真地听了下去，只听懂一句，那个狙击手说："晚安！"然后，那个德国狙击手就从树上跳了下去，走开了。原来，这个德国狙击手把老勾德当成了他的同伴，以为老勾德是来找他聊天的。天哪，还好老勾德没有被发现！

一会儿之后，老勾德也从树上跳了下来，跟着刚才和他说话的德国狙击手的脚印往前走去。天还是很黑，因为老勾德是光着脚的，所以他在黑夜中可以感觉到地上留下的脚印，这对老勾德来说并不是一件很难的事情。最后，老勾德靠近了一个地方，有很多的德国兵驻扎在那里。老勾德必须要绕过他们才行，于是他仍旧小心翼翼地往前走，尽量不发出一点点声音。

突然，他听到右边传来了什么奇怪的声音，于是他立刻停了下来仔细听着。这声音对老勾德来说似乎很熟悉，这应该是什么动物的脚步声，嗒嗒啪啪。老勾德好奇地朝着声音传来的方向移动着，接着又传来了一声低低的咆哮声。老勾德不但没有觉得害怕，反而觉得很开心。

他之前在印度生活的那个丛林里到处都可以碰到可怕的老虎，现在只不过是一只野狗的叫声，老勾德又怎么会害怕呢。他只是觉得很熟悉，像是碰到老朋友一样。不一会儿，老勾德就看见了那只野狗两只明亮的眼睛。老勾德站在那里用力吸了一口气，他那灵敏的鼻子闻到了这只狗身上没有一点点人类的味道，看来这的确是一条野狗。

那只狗也像老勾德一样吸了一口气，他是想判断站在他面前的这个人是什么样的一个人，因为野狗发现老勾德不像其他人一样看到他就会觉得害怕。于是，那只野狗就朝老勾德走了过去，然后在老勾德腿上欢快地蹭来蹭去。还好，老勾德把花颈鸽包在了厚厚的衣服下面，而且花颈鸽的味道被风吹走了，所以那只野狗没有闻到花颈鸽的味道，而且他还觉得老勾德是一个很胆大的人，所以他对老勾德变得很友好。野狗一边摇着他的尾巴，一边还发出低低的叫声，好像在和老勾德说话呢！老勾德并没有像一般人那样用手去抚摸那只野狗的头，而是把自己的一只手伸到了野狗的眼前，让他闻闻味道。一会儿过去了，那只野狗会去咬老勾德的手吗？又过了一小会儿，然后……那只野狗居然用舌头舔了舔老勾德的手，而且还很快乐地叫着。老勾德自言自语道："看来这只猎狗没有主人，或许他的主人已经死了吧！真是一只可怜的狗，都变得和狼一样了。看来他之前应该都是从德国军队那里偷点东西来吃，很显然他并没有吃过人肉，不然刚才肯定咬我的手了。"

老勾德开始很低声地吹起口哨。这种口哨是所有的猎人都会的，口哨的意思是"带路"。果然，那只野狗按照老勾德的命令开始在前面带路了。在那只野狗的带领下，老勾德很轻松地避开了这附近所有的德国士兵的营地，就好像他对这里了如指掌一样。

就这样又走了几个小时之后，老勾德终于到达了目的地。他找对了，那里果然是一个仓库，里面不仅有德国部队的军火弹药，还有德国兵的食物，这可是个大发现啊！带领老勾德找到那个地方的那只野狗钻进了地下一个看起来很奇怪的洞里面。半个小时之后，那只野狗又出现了，他嘴里还咬着一个很大的牛腿，老勾德闻了闻，确定那的确是牛肉。于是那只野狗就趴在了结着冰的地上开始吃他的晚餐。这时候老勾德也穿上了他的靴子，原来老勾德一整晚都是把靴子挂在肩膀上带着的。穿完鞋之后，老勾德抬起头看了看天空，还有附近的情况。通过天上的星星，老勾德判断出了自己现在所在的位置，然后他在那里等了一会儿。

随着时间的流逝，天慢慢变亮了，老勾德从口袋中掏出了一个指南针，现在他确定自己可以画一幅这附近的地形图了。就在这个时候，那只野狗突然跳了起来，然后用他的牙咬住了老勾德的外套。老勾德立刻就明白了，那只野狗是想继续带领他往前去。

野狗往前跑去，老勾德也紧紧地跟在他后面。很快他们又来到一个地方，那里长满了荆棘，还有缠绕在一起的葡萄藤，看来只有动物能够走过去。那只野狗趴在地上往前爬，避开了头上的那些尖锐的刺，一会儿就不见了。

这个时候，老勾德画了一幅图，上面标明了星星的位置，还有现在老勾德自己所在的位置。老勾德把画出来的图绑到了花颈鸽的腿上，接着就放飞了花颈鸽。老勾德看着花颈鸽从一棵树飞到另一棵树上，在每棵树上都停一会儿，然后整理身上的羽毛。接着花颈鸽用自己的嘴巴敲了敲绑在他脚上的信，好像是在确认信是不是绑牢固了。确定了之后，花颈鸽又飞到了最高的那棵树上面，然后开始打量这附近的情况。

在花颈鸽观察的时候，老勾德正抬着头往天上看，他感觉到好像有什么东西在推自己，于是他低下头看了看。原来是那只带路的野狗正拖着老勾德朝着荆棘下面的一个洞那边跑。看来那里应该有什么，不然那只野狗不会这样。老勾德便趴在地上，保证不会被那些荆棘伤到，跟着那只野狗朝着那个奇怪的洞爬去了。

就在那个时候，老勾德听见了头顶上好像有翅膀扇动的声音，接着还有枪声。老勾德心里一惊，难道是花颈鸽出事了？可是他现在并不想再退回去看看花颈鸽是否被子弹射中了，因为即使那样他也没有办法了，于是他继续在荆棘丛中往前爬着。

渐渐地，老勾德感觉自己已经饿得前胸贴后背了，而且他现在整个身体还紧紧地贴着地面。但是老勾德还是坚持着往前爬。突然他滑了一下，掉进了一个大概有二十多米深的黑洞里。那里面真的是漆黑一片，但是老勾德一开始还没有注意到，因为他的头掉下来的时候被擦伤了，所以他一直在用力地按着头，想缓解一下疼痛。等到老勾德终于缓过神来开始观察自己现在到底在哪里的时候，他才发现自己坐在一个结着冰的水坑上，洞的上面都是密密的荆棘丛，这里就像是一个小偷的窝。即使在冬天，上面的树叶都落光了，葡萄藤也枯萎了的时候，外面也很难发现这个隐蔽的地方。

老勾德发现那只野狗也在他身边，是他把老勾德带到了这个安全的地方。这只可怜的狗现在却很高兴，他已经把老勾德当成了他的朋友了，还想和老勾德玩耍。可是老勾德现在已经困得不行了，即使周围不远处不停地传来枪声，他还是打起了瞌睡，睡着了。

大概过了三个小时之后，那只野狗忽然低声叫了起来，然后又大声尖叫，好像疯了一样。不一会儿之后，整个大地随着一阵阵可怕的爆炸声开始晃动。那只野狗也吓坏了，不停地咬着老勾德的衣袖，用力地拖着他。爆炸声仍然持续着，而且越来越强，老勾德感觉这个洞就像是一个摇篮一样在晃动着。可是老勾德没法离开，他也不能离开这里，如果现在出去的话，说不定马上就会被敌人发现的。老勾德只能在心里默念着："啊，花颈鸽，你是最勇敢最厉害的鸽子，这次你做得太棒了！你肯定已经把信送给了总司令。这一声声的爆炸声肯定是我们的部队往这里前进，来摧毁敌人的军火库的。啊，你是最伟大的动物！"

就在老勾德默念这番话的时候，就像他说的那样，他们部队的战斗机在这附近丢下了一颗炸弹，直接炸毁了老勾德发现的那个军火库。

这时候，那只一直咬着老勾德的衣袖想拖老勾德走的野狗发出了像哭一样的呜咽声，而且全身吓得发抖，就好像发高烧一样。就在那个时候，好像有什么东西砰的一声落在了附近。那只野狗绝望地大叫了一声，然后奋不顾身地朝着洞外面冲了出去。老勾德知道情况不妙，他也跟着野狗冲了出去。可是一切都晚了，因为就在老勾德在荆棘丛下爬了一半路的时候，震耳欲聋的爆炸声就传了过来，他身下的土地好像地震一样分了开来。

153

老勾德只感觉肩膀上一阵剧痛，接着他就像被某种奇怪的力量给控制住了一样，整个身体紧紧地贴在地面上。老勾德的眼睛里反射出了爆炸的红光，接着周围就陷入了无声无息的黑暗之中，好像将所有事物都吞噬了一般。

　　大概过了一个小时之后，老勾德终于恢复了意识，他醒过来的时候就听见周围有人在说印地语。听到了自己的母语，老勾德有点激动，他努力地抬起头想听得更清楚一点。可是就在那一刻，他突然感觉身上剧痛无比，就好像被千万条眼镜蛇咬了一样。老勾德立刻就知道自己肯定受了很严重的伤，说不定命都快保不住了。可是，他听见了自己母语的那种兴奋依然充斥着他的大脑，因为老勾德知道这一定是印度的士兵，不是敌人，他们应该就在这附近。看来印度军队已经占领这片森林了。这真是个好消息！于是，老勾德对自己说："啊！我终于成功地完成了我的任务了，即使我死去也没有遗憾了。"

第十五章
死里逃生

下面来听听花颈鸽的讲述——

其实在执行任务的那个夜晚，我并没有睡很长时间，在那样紧张的时刻我又怎么能睡着呢！虽然我躺在老勾德的外套里面，老勾德却不知道我一直是醒着的。那晚，老勾德一会儿在匆匆地跑，一会儿又敏捷地爬上了树，然后还捡了一条野狗和他一起走。发生了这么多事，老勾德的心还一直怦怦地跳个不停，我又怎么能睡着呢？我当时躺的位置离老勾德的心脏很近，我感觉他的心跳声像打鼓一样，即使在几米之外的地方也可以听见。而且老勾德一整晚的呼吸都很不规律，我在他的胸口听着根本就睡不着。

有的时候他会长长地吸一口气，有的时候却又像是一只老鼠从猫的身边逃走那样很快速地吸一口气。我感觉在老勾德的胸口睡觉就像是在暴风雨中睡觉一样难。

　　还有那只野狗，我可不会忘记他。当老勾德第一次靠近他的时候我很害怕，还好他那时候没有发现我。我通过闻空气中的味道察觉到这只野狗并没有很难闻的味道，而且他会和我们成为朋友的。他的脚步声我也不会忘记，因为他走起路就像是猫一样悄无声息。我想他应该是一只来自大自然的狗，因为我知道和人类生活在一起的狗都会叫个不停，非常吵，而且他们也不会轻轻地走路。和人类生活在一起的各种动物，除了猫之外，好像都在人类社会的熏陶下变得很粗鲁，很吵闹。可是那只野狗真的是一只很安静的狗，他走路没有声音，呼吸也没有声音。可是我是怎么知道他的呢？那是因为他身上的味道传到了我的鼻子里，所以我才知道，我对他的感觉还是挺好的。

　　就这样在老勾德的外套里度过了很不舒服的一晚之后，老勾德终于把我放了出来。我都不记得他当时放出我的地方是什么样子的了。所以我一开始便从一棵树上飞到另一棵树上，想要判断一下方位，可是没想到却惹祸上身了，我受了不小的惊吓。

　　那个时候天刚刚亮，树下面潜伏着很多的德国兵，他们一个个都拿着枪从不同的方向观察着我。其中有一个就在我脚下的那棵树下面看着我。他一开始并没有发现我停在那棵树上，因为我的四周都是机关枪的扫射声。可是就在我飞起来的时候他发现了我，我知道自己必须赶紧躲到树下面去，不然他肯定就要朝我开枪了。果然他朝我开了很多枪，但是我那个时候已经幸运地躲到了一片很茂密的灌木丛里去了，子弹并没有射中我。我在灌木丛后面等了一会儿，感觉应该没有危险的时候，便立刻飞了出来，以最快的速度朝之前看好的方向飞去。飞一段路我就会躲起来一会儿，看看前方有没有危险。我就这样飞了几百米。可是我知道这根本就不是办法，必须赶紧离开这个危险的地方，而且现在我那只绑着信的腿非常累。看来不管有没有危险，我必须赶紧飞才行。

幸运的是，当我飞起来的时候，没有人发现我，于是我越飞越高，在空中盘旋着前进。我经过了一片森林，那里都是一些小树苗，我停在那里又观察了一会儿。远处已经开始发亮的东边，有好几架战斗机在灰色的天空中飞着。我知道那些战斗机肯定是朝我来的，如果我不赶紧走，他们一会儿就会追上来了。我立刻决定朝西边飞，可是接着就好像有成千上万个士兵从下面朝着我开枪。当我盘旋着上升，飞到森林上方的时候，下面埋伏的德国士兵们可能还没有确定我是不是他们军队的信鸽，所以没有开枪；可是等他们看见我朝着西边飞的时候，他们就确定我不是他们的信鸽，便立刻朝我开枪了。他们其实就是想把我给射下来，然后看看我脚上的信的内容。我不能一直往上方飞，因为那时候是冬天，上方的空气温度更低，继续那样上升我可能就会被冻僵了；可是我也不能让飞过来的那些敌人的战斗机追上我，那样我肯定也是死路一条。到底该怎么做呢？

我立刻决定再次朝着西边冲了过去，我的前方立刻出现了一堵密密的子弹墙，如果再往前，就会被其中的某一颗子弹射中，我就没命了。可是那个时候我没有其他的选择了，要不就是突破重围冲过去，要不就被后面追来的战斗机给炸死。战斗机已经离我越来越近了，死神仿佛就在眼前。我不能等死，看来只能搏一下了，我朝着西边冲了过去。幸运的是，我一个月前断了的尾巴现在已经长出来一半了，如果当时不是我的尾巴，我可能就完不成任务了。

就在我朝着我们军营突围的时候，下面的子弹射得更猛烈了，看来不仅是下面森林里的狙击手在朝我开枪，远处战壕里的德国士兵们也加入了他们。我只能绕着圈迂回前进，一边绕着圈，一边翻滚着，想尽量躲开子弹。我用尽了所有能想到的方法来躲避那越来越猛烈的子弹袭击，这耽误了我很多的时间。后面的一架战斗机已经离我很近了，我应该已经在它的攻击范围之内了。我虽然看起来很小，但是战斗机还是瞄准了我，我的头上还有脚下不断有战斗机射出的炸弹飞过。我现在唯一能做的就是前进，所以我用尽全力朝前方冲了过去。啊！我真的拼尽全力了，像是一道闪电一般前进着。

啪啪啪，我中弹了，我的左腿根部好像受伤了，而那只腿上还绑着老勾德画的地图。那只腿这下就只能挂在那里。天哪，我痛得不得了！可是我没有时间去想我受伤的腿了，因为那架战斗机还跟在我后面，我只能坚持着往前飞。

在我的坚持之下，我终于看见了我们的军队。我往下飞了一点，那架战斗机也跟着我下降。然后我又试着翻身，可是没有成功，因为我的腿受伤了，所以我没法再使用计谋躲开战斗机的攻击。接着又响起啪啪的炮弹声，我的尾巴也受伤了，尾巴上的好多羽毛掉了下去，挡住了下面那些狙击手的视线。我抓住这个机会赶紧朝着我们的军队冲了下去，终于，我到达了那里，然后我转了个圈。接着我看见了奇怪的一幕，那个一直跟在我后面的敌军的战斗机似乎是被我们军队的士兵给击中了，它在空中先是失去控制般地摇了摇，然后就倾斜着掉了下去。更可怕的是，那架战斗机在空中就爆炸了。我看见那架可恶的战斗机着了火，然后掉了下来真的觉得很开心。等我回过神来才感觉到身上的疼痛，就好像是好多只老鹰在撕扯着我的身体，接着，我就慢慢失去了意识，什么感觉都没有了，也不知道痛了……

后来，我在鸽子医院住了一个月，我的翅膀慢慢恢复了，腿上的伤口也缝了针，可是即使如此，我以后也不能再飞起来了。每当我跳起来的时候，我的耳朵里就会出现各种枪炮的声音，我的眼睛里只能看见一颗颗子弹。每当那个时候我都会觉得很恐惧，想要立刻躲起来，我也不知道这是为什么。你可能会说这些都是战争留下的后遗症，我听到的炮弹声和看到的子弹都是我自己想象的。或许是吧，但是在我看来，那些就是真的炮弹，真的很恐怖。总之，现在我的翅膀残废了，我的内心充满了恐惧。

另外，我只有和老勾德在一起的时候才能飞起来，我为什么不能从一个皮肤不是棕色、眼睛不是蓝色的人的手上飞起来呢？因为我之前都生活在印度，我只相信印度人。我们鸽子一向不喜欢和外人在一起。所以最后他们把我放在了一个笼子里，然后把我带到了老勾德所在的那个医院，把我放在了老勾德那里。

当我看见老勾德的时候，我几乎认不出他了，因为老勾德的眼睛里充满了恐惧。是的，这次的经历也让他经受了很大的创伤。我和其他的鸟，还有其他的动物一样，知道真正的恐惧是什么样的。看到老勾德变成这样，我真的很难过。

但是老勾德一看到我，他眼里的那种恐惧好像一下子就消失了，而且满脸都是喜悦。他立刻站了起来，用双手托起了我，然后吻了一下我的那只左脚，就是那天执行任务的时候他绑了纸条的那只脚。接着，他拍了拍我右边的翅膀，说："即使我们遇到了这么大的困难，勇敢的你还是克服了重重的危险成功地完成了任务。你的成功给你远在印度的主人，还有你身边的所有朋友，甚至是所有的鸽子都赢得了无上的荣誉。你就是我们印度军队的骄傲！"说完之后，他又吻了一下我的脚。

　　老勾德的行为让我深深地感动了，他的话反而让我觉得惭愧。我并不觉得骄傲，想到那天敌人的战斗机炸断了我的翅膀，幸亏我掉进了我们印度军队的战壕里，如果那时候我掉进的是德国军队的战壕，那我……他们一定会从我的脚上取下信，然后他们一定会包围老勾德和那只野狗所在的那个森林……想到这里我忍不住发起抖来。我无法想象如果那样的话，最后的结局是怎样。

　　对了！还有那只野狗，它可是我们的朋友，也是老勾德的救命恩人啊！他现在在哪里呢？

第十六章
厌恶与恐惧都消失了

老勾德接着说:"那只狗的主人一定是个法国人,可能是早年在战争中牺牲了,所以只剩下那只狗。我想可能是德国士兵用枪射死了狗的主人,所以从那之后,那只狗就守在了主人的屋子那里。当他看见有人去那里抢劫,然后房子着火了的时候,他就会变得非常恐惧,跑进附近的森林里。之后,他就一直生活在树林里厚厚的荆棘丛中,这样就不会有人类发现它。那个荆棘丛里很宽敞,就像一个小房子,而且那里很黑,一般不会有人发现的。他或许只会在夜里出来找食物,但是他的身体里流淌的是猎狗的血。当他日日夜夜地生活在森林里的时候,他猎狗的本性就恢复了。那天当他靠近我的时候,他觉得很吃惊,因为我并不怕他。他并没有在我身上发现恐惧的气息。我大概是他流浪之后遇到的第一个不害怕他的人，所以他当时并没有攻击我。

"我想他当时一定是觉得我也和他一样很饿，在四处寻找食物。所以当他发现我没有敌意的时候就带着我来到了德国军队的食物储存库。通过一条地下通道，他带着我爬着来到了一个很大的军需品仓库。那里面有很多很多的食物，接着他就好心地从那里带出了一些肉给我。因此我猜想那附近肯定有很多德国军队的地下仓库，仓库里面不仅有大量的食物，还有石油、炸弹等在战争中很珍贵的东西。于是，我就按照我想的画了一幅图，没想到果然是那样的，真的要感谢那只猎狗。现在，我们说说其他的吧。

"说实话，我很不喜欢讨论战争这个话题。你看，落日的余晖已经照亮了喜马拉雅山的山顶，珠穆朗玛峰的峰顶就像是一块闪闪发光的金子，让我们一起祈祷吧！让我们从不真实走进真实，从黑暗走进光明，从喧闹走进宁静。"

等我们祈祷、沉思之后，老勾德悄悄地走出了我们的房间，准备从加尔各答去辛加里拉附近的那座寺庙。看到这里你一定会觉得奇怪，老勾德不是在战场上吗？所以，在我讲述他那次的经历之前，我必须要告诉所有的读者，老勾德是怎么从法国的战场转移到印度的加尔各答的。

在 1915 年二月底的时候，我们军队的长官们都知道花颈鸽没法再去执行任务了——他伤得太重了，而带着花颈鸽的老勾德也不是一个正规的士兵，并且也受了很重的伤。于是，老勾德和花颈鸽就被一起送回了印度。他们是在三月的时候到达印度加尔各答的。

当我第一眼看到他们的时候，我简直不敢相信自己的眼睛。老勾德看起来很惊慌，花颈鸽也是一样，而且他们两个看起来都很虚弱，似乎病得不轻。

后来，老勾德把花颈鸽递给了我，和我简单地说了一些战场上的情况，然后告诉我说他准备去喜马拉雅山了。他说："我需要治疗我的厌恶和恐惧。在战场上我看到了太多的杀戮，人与人之间互相残杀，仿佛是没有灵魂的机器一般，真的很可怕。我之所以被送回来是因为我得了很严重的病，那就是恐惧。我必须要独自回到大自然中去治疗自己的病才行。"

后来，他去了辛加里拉附近的那座寺庙，在那里有很多僧人为他祈祷，老勾德也可以安静地冥想。就在老勾德去治疗自己的同时，我也尽自己最大的努力去治疗同样生病的花颈鸽。

花颈鸽的太太还有已经长大的孩子们尝试过去帮助他，可是都失败了。当花颈鸽的孩子们第一次看见他的时候，他们就像看见一只陌生鸽子一样，因为花颈鸽根本就不关心他们。都这么久没见了，看见父亲的态度这样冷淡，花颈鸽的孩子们也很伤心。还好，花颈鸽见到自己的太太还是很开心的，可是花颈鸽的太太也没办法让花颈鸽再飞起来。花颈鸽只会时不时地跳一下，其他的事情他都提不起兴趣，更别说让他飞起来了。

我请了很有名的鸽子医生来仔细地检查了花颈鸽的翅膀和腿，可是医生最后告诉我花颈鸽的身体完全没有问题。花颈鸽的骨头，还有他的两个翅膀都恢复了，但他就是不愿意飞。他甚至连翅膀都不愿意张开，每次只要他站着不动的时候，他都用一只脚站立，把那只受伤的腿抬起来。这是为什么呢？

时间慢慢过去，可是花颈鸽和他的太太还一直没有开始做他们的窝，我觉得有点奇怪。到了五月中旬，炎热的夏天慢慢开始了，那个时候我收到了老勾德的一封信，内容是这样的："你的花颈鸽现在不能让他做窝。如果花颈鸽太太生了蛋，就把那些蛋都毁掉。千万不要让那些小鸽子孵出来，因为花颈鸽现在还生着病，他受了很严重的惊吓，如果他现在有了孩子，他的孩子们孵出来之后也都是一些生了病的小鸽子。你还是把花颈鸽带到我这里来吧，因为不得不说，我来这里之后好像慢慢恢复了，快点把花颈鸽带来吧！这里的僧人们也想见你和花颈鸽。另外,这个星期,花颈鸽的好朋友雨燕一家五口也从南方飞回来了。他们也会帮助花颈鸽恢复的!"

我听从了老勾德的建议。我把花颈鸽放在一个笼子里,然后把花颈鸽的太太放在另一个笼子里,带着他们两个朝着北方出发了。

一路上的风景很美,现在是春天,果然和上一次秋天的时候差别很大。由于出现了一些意外情况,我的父母比平常早几个月就到登坛小镇去住了。我到达那里住下来是五月的最后一个星期。之后,我就带着花颈鸽坐着一辆当地居民的马拉大篷车朝着辛加里拉出发了。我并没有带上花颈鸽的太太,而是把她留在了登坛的家里,因为我想如果花颈鸽可以再次飞起来的话,他就可以飞回去找他太太了。这或许也能帮助花颈鸽早点飞起来,花颈鸽的太太对花颈鸽来说是一个很大的激励因素。老勾德曾经以为花颈鸽会飞回去找花颈鸽太太,因为她刚生下几个蛋。其实,在我们离开的第二天,我的父母就按照老勾德说的把那些蛋给毁了。因为他们都不愿意看到花颈鸽的孩子们一出生就生病或者很胆小,花颈鸽的孩子们都应该是优秀的、勇敢的。

我把花颈鸽放在我的肩膀上,他就在那里站了整整一天。到了晚上的时候,为了他的安全着想,我把他锁进了笼子里,我做得果然没错。在我们来到山里的这十二个小时的时间里，花颈鸽呼吸着清新的空气，他的身体好像也慢慢有了活力。有时他会在笼子里跳来跳去，扑扇着翅膀，好像是想从笼子里飞出去找自己的太太，帮她孵蛋。

喜马拉雅山的春天很特别。那些温暖的峡谷里铺满了各种颜色的花朵。花朵之间还点缀着很多的野草莓，红红的野草莓让人垂涎欲滴。地上还有很多的苔藓，就像是给广阔的山都盖上了一层绿色的地毯。远处连绵的山峰就像是一颗颗蓝宝石，躺在天空的幕布下面。有的时候，我们会经过一片茂密的森林，那里有低矮的橡树、长得很大很高的榆树和喜马拉雅雪杉，还有耐寒的栗子树，那四处张开的树枝和密密的树叶完全挡住了阳光。只见一棵树连着一棵树，树枝和树枝都纠缠在一起，地底下的树根应该也都缠绕在一起，在这争夺着维持生命的水分吧！在树荫下面，有很多只鹿在吃草。现在是春天，地上都是长得高高的草，还有很多的小树苗。等鹿们吃得饱饱的之后，他们还是会被老虎、豹子们吃掉的。总之，我感觉到处都充满了生命的活力，一派欣欣向荣的景象。

当我们走出了浓密的树荫，又看见广阔的天空时，热带的那种灼热的阳光立刻像一支箭一样射进了我们毫无防备的眼睛里。到处都有蜻蜓在飞舞，还有蝴蝶、麻雀、知更鸟、松鸡、鹦鹉、松鸦、孔雀……他们互相追逐打闹着，从一棵树上跳到另一棵树上，从这里追到那里。

现在我们是在一片空旷的路上走着。路的一边是茶园，另一边是松树林，我们先是用力爬上了一个很陡的斜坡。那里的海拔已经很高了，所以空气也很稀薄，我们呼吸都变得很困难。那里很安静，远处时不时会传来一声回声。即使你很小声地说一句话也会传到挺远的地方。所以我们所有的人，还有所有的动物都安静下来，除了马儿走路时蹄子发出的嗒嗒嗒的声音。我们好像对周围扑面而来的那种寂静都怀着一种敬畏，不忍打破。

湛蓝色的天空中万里无云，非常平静，偶尔有一只鹤朝着北方飞去，附近的一只老鹰突然俯冲下去发出那种低低的叫声。到处都充斥着寒冷，却有一种蠢蠢欲动的感觉。兰花好像一夜之间就破土而出了，然后绽放出紫色的花朵。那一朵朵花就好像是一双双明亮的眼睛在看着我们。金盏花的花瓣上还残留着晶莹的露珠。在远处的湖中，朵朵莲花漂在水面上，一只只蜜蜂正停在莲花上忙着采蜜。

现在我们已经越来越靠近辛加里拉了。那座寺庙就在前面的山坡上，我已经看见房顶了。我很兴奋，好像寺庙正在对我招手一样。我不知不觉加快了脚步。一个小时之后，我就已经走在那条通往寺庙的陡峭的小路上了。我当时想，如果可以和寺庙里的那些已经超然物外的僧人生活在一起的话，肯定会变得很放松，很淡然。他们不像我们这些世俗之人一样每天都会有各种烦恼。

现在已经到了中午了，我和出来接我的老勾德会合了，然后我跟着他经过了一片树林，来到了一个温泉边。我们在温泉里洗了个澡，然后也给花颈鸽洗了澡。洗完之后，我把花颈鸽放回了笼子里，给他喂了点东西吃。我和老勾德也准备去餐厅吃饭，那里有很多僧人在等着我们。餐厅里的回廊两边的柱子是用乌木制成的，很多的大柱子上还装饰着金龙。房顶上的横梁是用柚木做的。那些柚木的年代应该很长了，已经变得很黑了，上面还雕刻着很好看的莲花图案，不仅看起来精致，而且也很坚固。地板上铺着红色的砂岩，穿着橘色长袍的僧人正坐在那里祈祷，这里的僧人们在吃饭之前都会那样做。我和老勾德在餐厅入口的地方等着，直到所有的僧人们都结束祈祷。

我和老勾德走上前去向寺院的住持道谢。那位老住持的脸上挂满了笑容，然后为我祈祷，我们又感谢了其他的僧人。接着，我和老勾德才坐到了一张桌子旁边。桌子是由很多的小木凳拼起来的，只有我们的胸口那么高，所以我们看起来就像是蹲在地上一样。今天在太阳底下走了一天的路，很热，所以当我坐到了冰凉的地板上的时候觉得很舒服。我们的晚餐是扁豆汤、炸土豆，还有煎茄子。吃完后，我们又喝了热乎乎的绿茶。

午餐之后，住持邀请老勾德和我同他一起睡午觉，于是我们和住持一起爬上了一个很高的悬崖，那里就像是一只老鹰的鹰巢一样。悬崖上面还长了一些冷杉树。我们在那里找到了一个空空的小房子，里面什么东西都没有，那里我还从来没有看见过。后来我们就走了进去。令人尊敬的老住持说："在寺庙里，我们每天都会祈祷两次，为了我们整个地球所受的伤害。但是战争仍然在进行着，让鸟儿还有其他的动物们都受到了各种伤害，让所有的生灵都陷入了恐惧之中。我们内心由于对战争的那种恐惧而产生的心病比我们身体上的那些疾病要传播得更快，更可怕。如果再这样继续下去，所有人的内心都将被恐惧、厌恶、怀疑和邪恶填满。如果想要摆脱这种可怕的情况，不让我们的后代变成这样，我们这一代人就不得不努力去摆脱这一切才行。"

说到这里，老主持的眉头深深地皱了起来，满脸都是沉重的表情。他的嘴角微微下垂着，我突然觉得他好像很累很累。虽然他生活在深山中这安静的寺庙里，远离了可怕的战争，但是他时时刻刻都在为那些发动战争，给世界带来痛苦的人类犯的那些罪恶而深深地自责和忏悔着。

过了一会儿，老住持的脸上又浮现了笑容，他对我们说："我们还是来说说还生着病的花颈鸽和老勾德吧！如果你想你的鸽子有一天能够重新展翅翱翔在天空中，你就必须要思考什么是无穷的勇气。老勾德在来这里的这些天里一直在思考着。"

我着急地问道："大师，请问怎么思考？"

这时，老住持那暗黄的脸一下子怔住了，显然，他没想到我会这么直接地问他，所以一下子没反应过来。看到老住持这样，我也觉得很不好意思，为我刚才的鲁莽感到后悔。在有些场合太直接地表达自己的想法并不合适。

老住持也察觉出了我的不自然，他为了让我放松下来便对我说："每天黎明和日落的时候，你把花颈鸽放在你的肩膀上，然后在心中默念：'所有的生命都拥有无穷的勇气，希望我能召唤出自己无穷的勇气，然后带给那些我碰到的生灵们。'如果你能这样坚持一段时间，终有一天，你的心灵会变得非常纯净。到了那个时候，你就再也不会恐惧，不会厌恶，不会怀疑，你就可以帮助花颈鸽消除恐惧，让他恢复健康。那些可以完完全全把自己净化的人们可以给整个世界带来无穷的精神力量，将那些不好的东西都赶走。你就按我刚才说的每天做两遍，我们寺庙里所有的僧人们也都会帮助你的。就让我们一起期待结果会是怎样的吧！"

老住持停了一会儿没有说话，然后又接着对我说："老勾德要比任何人都了解动物。他之前应该也告诉过你，正是因为我们自身恐惧，我们的敌人也感到了恐惧，所以敌人才会攻击我们。你的鸽子受了很大的惊吓，他认为整片天空都想攻击他，所以他当然不敢飞，甚至连一片落叶也会吓到他，一个影子也会让他的灵魂深感恐惧。其实这一切都是因为他自己，他被自己的内心困住了。

"现在，你可以清楚地看见我们这个悬崖下面的一个小村庄。那个村庄的西北边也正遭受着和花颈鸽一样的困扰。现在正是动物们往北方迁徙的季节，所以有很多受了惊吓的居民们手里都拿着火枪在四处寻找着迁徙的动物。你看！那些动物正在反抗呢！他们以前是不会主动去攻击人类的，都是人类自己造成了这一切。水牛们跑到了人类的田里去吃庄稼，豹子们偷偷跑进了羊圈里偷走了羊。今天我们在寺庙里还听到一个消息，说是昨天晚上有一头野水牛杀死了一个人。虽然我之前告诉那里的人们要通过祈祷和思考来克服恐惧，可是他们并没有那样做。"

这时候，老勾德问住持："大师，为什么呢？为什么您不让我去帮助他们摆脱野兽带来的困扰呢？"

老住持回答说："因为时候还没到，虽然你现在醒着的时候已经克服了恐惧，但是你在梦中还是被恐惧困扰着。让我们再祈祷和思考一段时间，等到那个时候，你的整个灵魂就会被净化，再也不会有任何恐惧了。等你完全康复之后，如果下面村庄里的村民们还是被野兽困扰着，那时候你就可以去帮助他们了。"

我按照老住持说的那样，认认真真地思考了整整十天，老住持便派人来叫我带着花颈鸽去他那里。于是，我用双手捧着花颈鸽，来到了老住持的房间里。老住持原来那黄黄的脸今天看起来变成了棕色，而且很冷峻。他那杏仁般的眼睛里带着那种让我觉得很陌生却很有力的目光。等我走到他面前，他用手接住了花颈鸽，然后对我说：

"希望北风让你康复，

希望南风让你康复，

希望东风和西风让你康复。

恐惧会离你远去，

厌恶会离你远去，

怀疑会离你远去。

勇气会像奔流的潮水般包围你，

安宁会充满你的全身，

平静和力量会变成你的翅膀，

你的眼中散发出勇气的光芒，

你的内心会充满无畏和力量！

你已经康复了，

你已经康复了，

你已经康复了！

平静，平静，平静！"

我们都坐在那里，聆听着老住持的话语沉思着，直到夕阳的余晖洒在喜马拉雅山的群峰上，使得山峰看起来像一个个五彩缤纷的火炬。我们周围的峡谷，还有树木都披上了一层橘红色的光环，多么迷人啊！

这个时候，花颈鸽慢慢地从老住持的手里跳了下来，他走到了老住持房间的入口那里，看着外面的日落。接着，花颈鸽张开了他左边的翅膀，然后站在那里不动，好像在等着什么。过了一会儿，他又很慢很慢地张开了他右边的翅膀，你几乎可以看清他翅膀上的每一根羽毛。最后，他的两个翅膀都完全张开了。他并没有像我们所预料的那样一下子飞到空中，而是站在那里认真地整理着两个翅膀上的羽毛，就好像那是两把非常珍贵但是又很脆弱的扇子。原来这是花颈鸽在用自己的方式向美丽的夕阳致敬。他慢慢走了下去，但就在他离开我视线的时候，我好像听见了他翅膀折断的声音！我立刻着急地站了起来准备去看看花颈鸽到底怎么了，但老住持突然一下子把他的手按在了我的肩膀上不让我走，他的脸上挂着一种让我难以理解的笑容。

第二天早上，我告诉老勾德前一天发生的奇怪的事情，老勾德见怪不怪地说："你说花颈鸽张开他的翅膀是想对夕阳致敬，这并没有什么奇怪的啊，动物们也是有自己的信仰的，我们人类以为只有我们才有信仰。我曾经看见过猴子、老鹰、鸽子、豹子，甚至还有猫鼬在黎明还有日落的时候变得非常虔诚呢。"

我忍不住问："你能带我看看吗？"

老勾德回答说："可以，但不是现在，让我们先去找花颈鸽，然后给他喂早饭。"

当我们走到花颈鸽的笼子那里的时候，我们看见笼子的门是开着的，笼子里面也是空的。我并没有觉得很惊讶，因为自从我们来到这个寺庙之后，我每天晚上都不把花颈鸽的笼子锁起来。可是现在花颈鸽去哪里了呢？

我们去了寺庙里的礼堂，也去了图书室，可是都没有发现他。后来在一个很破旧的小房子里，我们找到了花颈鸽的几根羽毛。老勾德还在那附近发现了一只鼬鼠

的脚印,这让我们两个都很担心,花颈鸽不会出事了吧?但如果那只鼬鼠攻击了花颈鸽,然后杀了他,地上应该有血迹才对啊。难道花颈鸽逃走了?花颈鸽昨晚到底经历了什么?他现在到底在哪里?

我们又花了一个小时到四处寻找他。就在我和老勾德准备放弃的时候,我们听见了他咕咕咕的叫声。我们听着声音找过去才发现花颈鸽在图书室的屋顶上,他正在和他的老朋友雨燕夫妇聊天呢!雨燕一家正待在他们屋檐下的窝里。我们还听见了雨燕夫妇回答花颈鸽的声音。

雨燕先生说:"吱吱,吱吱,吱吱。"我高兴地对着花颈鸽叫了起来,然后叫他去吃早餐。花颈鸽低下头听着我的话,然后我又叫了他一遍,他也看见了我,就在这个时候,花颈鸽拍着他的翅膀,发出很大的啪啪声,接着他就从屋顶上飞了下来,镇定自若地站在了我的手腕上。我想他肯定是在黎明的时候被那些去山上祈祷的僧人们的脚步声吵醒了,于是他就从笼子里跑了出来。后来,他肯定是迷路了,所以走进了那个破旧的小房子里。不幸的是,有一只很小的鼬鼠攻击了他。像花颈鸽这样经历过这么多危险的鸽子,又怎么会轻易地被一只小鼬鼠给伤到呢!他最多掉几根羽毛就可以摆脱那只小鼬鼠了。当那只小鼬鼠在一堆羽毛里寻找花颈鸽的时候,花颈鸽早就飞走了。接着，花颈鸽又意外地遇到了他的老朋友雨燕一家，他们一起去向初升的太阳致敬，然后便回到了雨燕们的家去聊天了，也就是我们找到花颈鸽的那个地方。

就在那一天，有一个很可怕的消息传到了寺庙里。一只野水牛攻击了我们昨天看到的那个村庄。野水牛在昨天晚上就到了那里，然后杀死了两个人。于是害怕的村民们派了几个代表去寺庙里，他们想要寺庙里的僧人们帮他们想办法对付那些危险的动物，还希望僧人们能够想办法净化那些残忍的动物的灵魂。老住持说他有办法在一天之内将那只凶残的野水牛给杀死，他对那些村民们派来送信的代表们说："你们回去吧，会有菩萨保佑你们的，放心吧！你们的问题我们会帮你们解决的。天黑了的时候你们都不要再出门了，就待在家里面祈祷安宁和勇气能够来到你们的身边吧。"

当时老勾德也在那里，等老住持说完之后，他问那些送信的人："这只野水牛攻击你们有多长时间了？"

那些送信的人说那只野水牛已经持续攻击他们一个星期了，每天晚上都去村里。他几乎把村民们春天刚种下去的庄稼吃了一半。说到这里，那些激动的村民再次请求老住持使用一些很灵的咒语或是其他的方法把那只野水牛给杀了。之后，他们便回到了他们的村庄。

等那些村民走了之后，寺庙的住持对他身边的老勾德说："你就是最合适的人，现在你已经康复了，去那个村庄杀了那只邪恶的野水牛吧！"

"大师，但是……"

还没等老勾德说完，住持接着说："勾德，不要害怕了，你这段时间的祈祷和冥想已经让你康复了。现在就是证明你自己的时候，这是个好机会。你就回到你熟悉的丛林中去证明吧！这段时间你在这里独自思考和冥想获得的力量只有出去才能得到检验。在明天太阳落山之前，我相信你一定可以凯旋的，而且我觉得你可以带上花颈鸽和他的主人一起去。我相信你有能力保护他们，你也绝对有能力成功地完成这次的任务！去吧，把那个犯下种种罪行的野兽绳之以法吧！"

那天下午，我们就朝着丛林出发了，我非常开心，因为我好久没有去过丛林了，这次在那里至少可以度过一晚上；而且有老勾德和花颈鸽在我的身边，我们一起去寻找那只犯罪的野水牛。这是多么让人兴奋的事啊！还有谁比我更幸运呢？

我们出发的时候装备准备得很齐全，包括绳梯、一个套索，还有几把刀。花颈鸽一直是站在我的肩膀上的。当时，英国政府规定印度的普通群众是不能拥有枪支的，所以我们并没有带枪。

大概下午三点的时候，我们到了寺庙西北边的那个小村庄，我和老勾德在那里找到了那只野水牛的足迹。于是，我们就跟着那些脚印一直走进了茂密的丛林里，然后又来到了一片很宽敞的林间空地上。我们继续往前走着，有的时候会穿过一条小溪，有的时候爬过了那些倒在地上的很大的树木。那只野水牛留在地上的脚印真的很明显，也很深，所以我们很轻松地一路跟着他的脚印搜寻着。

　　老勾德对我说："那只野水牛肯定害怕得要死，你看他的脚印多深哪！一般的动物如果不害怕的话，他们留下的脚印都会很浅，但是如果他们感到很害怕的时候，好像恐惧就会重重地压在他们身上，所以那时候他们留下的脚印就会很深。这只野水牛留下的脚印这么深，可见他杀了人之后真的很害怕。"

　　最后，我们来到了一条水流湍急的河流边，好像没有办法过去。老勾德说，如果我们冒险走进去的话，小河里的水可能会让我们的腿骨折。而且奇怪的是，我们通过脚印观察到那只野水牛也不敢过这条河，他都敢杀人了，怎么会不敢过这条河呢？于是我和老勾德就仔细地观察他留在河岸边的脚印。二十分钟之后，我们发现那只野水牛在河岸边徘徊了一会儿之后转了个弯，然后走进了一片茂密的丛林里，虽然那时候才下午五点，但是那片丛林看起来就像是个黑洞一样。老勾德判断出不论那只野水牛有多大，他从这片丛林跑到那个小镇最多只要半个小时的时间。

老勾德思考了一会儿，然后问我："你听见流水声了吗？"

于是我侧耳倾听，几分钟之后，我听见了小河里的水流撞击着岸边的莎草的声音，还有不远处的水草在水流的冲击中发出来的唰唰声。那个时候，我们距离那条小溪注入的那个湖只有几米。老勾德激动地说："那个杀人的野水牛肯定就躲在这附近，他应该就在这里到那个湖之间的某个地方睡觉！现在天已经慢慢黑了，今晚我们就在那边的两棵树中选一棵，然后在树上睡觉吧。我觉得今晚那只野水牛等天黑了之后肯定会经过这里的。这里树很多，很隐蔽，而且天还是黑的，所以当他经过这里的时候，他不会发现我们。我们选的那两棵树之间只有一米左右的间隔！"

老勾德的最后一句话让我产生了疑惑，于是我测量了一下那两棵树之间的距离。那两棵树都很高，枝叶很茂盛，两者之间的距离只够我和老勾德肩并肩走过去。果然，这里真的很窄。老勾德从他的外套里面掏出了一包旧衣服，那些衣服都是他之前穿过的，然后他对我说："现在我要把我的这些旧衣服铺在那两棵树之间的地上。"

等老勾德把衣服铺好之后，他爬到了那两棵树其中的一棵树上，等他爬上去之后，他从上面朝我扔下来了绳梯。我带着花颈鸽通过绳梯爬上了树。爬绳梯的时候，我身体还有点不太稳，所以花颈鸽一直在我的肩膀上不停地扑扇着翅膀来保持平衡。终于，我们安全地爬上了老勾德坐的那个树枝上。那时候天已经黑了，所以我们准备在树枝上休息一会儿。

天渐渐黑了，我首先感觉到的就是四周好像有无数的鸟儿。我听见了苍鹭、犀鸟、松鸡、雉鸟，还有麻雀的叫声，我还看见了脖子上是一圈绿色的鹦鹉，他们好像遍布在整个丛林里。还有蜜蜂嗡嗡嗡地拍着翅膀的声音、啄木鸟嚓嚓嚓啄着树木的声音，还有天空中的老鹰的尖叫声，这些声音和河流的流水声，还有丛林里准备觅食的狼的断断续续的叫声混合在一起，这些都是大自然的声音。

我们选择过夜的那棵树长得很高大，我们后来又往上爬了一点，以防有豹子或蟒蛇对我们造成威胁。老勾德又仔细观察了一下，最后我们选择了挂着绳梯的几根树枝，那些树枝看起来就像是天然的床，这可是个睡觉的好地方。等我们稳稳地躺下之后，老勾德指了指天空。我立刻抬起头看着天空，原来有一只很大的老鹰在天上盘旋着，他的两个翅膀都是红宝石的颜色。虽然现在黑暗像是洪水般包围着整个大地，但是那时我们头上的天空却是很明亮的。除了那只老鹰之外，天空中什么都没有。那只老鹰一直孤独地在空中盘旋着，老勾德说他肯定是在对着落日致敬呢！而且我们感觉到那老鹰让森林里的那些鸟儿和昆虫都慢慢安静了下来。虽然老鹰飞在高高的天空中，距离下面的森林很远，可是他就像是所有动物的领导者一样。当他在天空中盘旋的时候，老鹰的子民们——地上的动物们也都变成了虔诚的祈祷者，祈祷光明的到来。

慢慢地，夕阳的余晖退了下去，老鹰翅膀上的红宝石色也变成了紫色，还有星星点点的金色光芒。这时候，祈祷好像已经结束了，所以老鹰越飞越高，好像把自己当作了送给即将消失的夕阳的祭品一样，因为他直接朝着远处那残留的亮光飞了过去，然后慢慢地消失在了我们的视线里。

可是就在这个时候，地面上突然出现的野水牛的叫声把原来森林里的平静一下子打破了，昆虫们的声音一个接一个又响了起来。一只猫头鹰从我们身边叫着飞过，花颈鸽吓得赶紧躲进了我的大衣里面，贴着我的心脏。这个时候，一只喜马拉雅山上的噪鹊飞了过来，那是一种和夜莺很相似的鸟儿，喜欢在夜里活动。他边飞嘴里边发出各种声音，就像是在唱歌一样。噪鹊的歌声仿佛是一场大雨冲击着整个树林，雨滴从树枝上落下然后流到了地面上，接着渗入土里，滋润着树根和大地母亲，带给人一种安宁的感觉。

喜马拉雅山夏天的夜晚给人的感觉总是很奇妙的，无法用语言来表达。我当时就感觉很舒服，然后就有些困了。老勾德又拿了一条绳子围在我身上，这样我就紧紧地贴在树上了，不会有掉下去的危险。我准备把头放在老勾德的肩膀上，那样可以睡得更舒服一点。

在我靠上去之前，老勾德对我说了他的计划："铺在地上的外套都是我在生病的时候，也就是心里总是感觉很恐惧的时候经常穿的，那些外套上都有很强烈的味道。如果那只野水牛闻到了我外套上的味道，肯定会好奇地跑到这里来的。等那只被吸引过来的野水牛闻到了外套上那种恐惧的味道时，他也会变得很害怕的。而且如果他被引到了这里，事情就好办了。我打算用绳子套住他，然后把他带回去……"

接下来老勾德说的话我都没有听进去，因为我不知不觉就睡着了。我不知道那晚我睡了多久，我只记得我后来是被一阵可怕的叫声给吵醒的。当我睁开双眼的时候，看见老勾德已经醒了。他松开了昨晚围在我身上的绳子，然后指了指下面。在黎明的微光下，一开始我什么也没有看见，但是我清楚地听见了有一只动物好像在很愤怒地咆哮着。在热带地区，天亮得非常快，不一会儿，周围就亮多了，等我再定睛往下看的时候，我清楚地看见了一切。我相信自己的眼睛，肯定没有看错。是的，在我们坐着的这棵树下面有一只看起来像是发着光的小山丘一样的动物在用他黑黑的身体撞着树干。虽然那个动物的身体被茂密的树干和树枝挡住了，但是我看得出来他有三米多长。那动物在初升的太阳光下看起来就像是一颗从绿色的火炉里炼出来的黑色的猫眼石，很好看。

我当时想：野水牛在大自然中看起来很健康，身体也很光滑；但当他们在动物园里的时候就会变成一种很脏的动物，他们的毛会变成暗暗的棕色，皮肤上也会沾满泥巴，让人不想靠近。那些在动物园里看见野水牛的人是不会知道野水牛其实是很美的，只是在动物园里他们才失去了在自然中的那种美。

可是让人遗憾的是，很多的年轻人并不是在大自然中去观察动物，而是去动物园里看野生动物。动物就是属于大自然的，所以关在动物园里的动物们根本就不能和他们在自然中的样子相比。观察大自然中的动物们会让你学到更多的东西，也能看到他们最真实的一面。我们可以比较一下，你们单凭观察一个被关在监狱里的犯人就能够知道这个人的道德水平和其他方面吗？当然不能，那我们观察一个关在笼子里的动物难道就可以了解这个动物的一切吗？当然不可以。不管是人类还是动物，道理都是一样的。

现在让我们再回到那个杀了人的野水牛，他现在正在我们的下面。我把惊吓的花颈鸽从我的大衣下面拿了出来，然后他走到了旁边的树枝上站着，也观察着下面的野水牛。我和老勾德沿着一连串好像梯子一样的树枝慢慢地往下爬了一点，最后我们停在了一根树枝上。那根树枝距离下面的野水牛只有不到一米了。老勾德迅速在树干上系上了长长的套索的一端，准备抓野水牛，还好野水牛并没有注意到。我看见他正在用他的牛角抵着老勾德的衣服玩，老勾德的衣服已经被他弄得破破烂烂了。老勾德说的果然没错，衣服上的人的味道吸引了这只凶残的野水牛。我观察到他的牛角很干净，可是他的头上却留下了血迹。那个血迹看起来很清楚，看来这只野水牛昨天晚上又到那个村里杀了人，真是太可恶了！

老勾德看到这也非常气愤，他小声在我耳边说："我们要活捉他才行，你从上面慢慢把套索放到他的牛角上去。"

刚说完，老勾德就迅速从树枝上跳了下去，移动到了野水牛的身后。野水牛立刻发现了老勾德，他有点惊慌，可是他没法转动自己的身体，因为他身体的右边是

花颈鸽传奇

一棵树，他的左边就是我所在的那棵树。他被夹在了之前说的这两棵离得很近的树之间了。现在野水牛只能前进或者后退才能从这两棵树之间走出来，但是在他准备逃跑之前我就抓住机会迅速按老勾德对我说的那样，把套索放在了野水牛的牛角上了。当套索一碰到牛角的时候，野水牛仿佛被电击中了一般，他立刻快速往后退去，想从套索中溜走。可是老勾德的动作比他更快，要不是老勾德快速逃到了旁边一棵树的后面，他可能就会被野水牛撞倒，然后被野水牛那锋利的蹄子给踩死了。可现在让我完全没有想到的是，套索并没有套住野水牛的两个牛角的根部，我只套住了一个牛角。于是我心里一惊，知道大事不妙，然后立刻朝着老勾德叫起来："小心！他只有一个牛角被套索套住了，说不定什么时候就滑下来了。你快跑，快！爬到树上去！"

可是勇敢的老勾德并没有听从我的提醒，他不但没有逃走，反而和野水牛面对面，站在野水牛前方不远的地方。然后，我就看到凶残的野水牛低下了头准备朝老勾德发起攻击。我吓得一下子闭上了眼睛。

当我再次睁开眼睛的时候，我看见野水牛正在用力扯着圈住他一个牛角的套索。因为被套索拉住了，所以野水牛无法靠近老勾德站的那棵树，还好套索没有滑下来，我暂时松了一口气。

野水牛变得狂怒了起来，他发出了巨大的吼叫声，好像整片森林都笼罩在恐怖的氛围中。野水牛的狂叫声不断地在森林里回响，每个听到的动物都会觉得很害怕。幸运的是，野水牛现在被困住了，老勾德便从腰间拿出了一把锋利的匕首。匕首大概有四十厘米长。老勾德慢慢地移到了右边的一棵树后面，然后我就看不见他了。而那只野水牛就朝着老勾德最后消失的那个地方狠命地挣扎着，还好套索并没有被野水牛挣脱，仍然紧紧地套在牛角上。

原来老勾德改变了他的计划，他朝着相反的方向跑了过去，在树林中迂回前进着。因为现在在刮风，老勾德是想跑到一个地方去，在那里风不会把他身上的气味吹到野水牛那里去。野水牛也有点迷糊，一直在那里转个不停，寻找老勾德的气味。当他又看到地上老勾德的衣服时，就像是疯了一样，他抓不到老勾德只能用老勾德的衣服来出气了。他吸了一口气，然后用自己的牛角用力朝着老勾德的衣服顶了过去。

现在老勾德已经跑到了下风向，野水牛不可能闻到他的味道了。虽然我还是看不到他，但是我猜测老勾德现在肯定躲在一棵树的后面，通过野水牛的味道来判断野水牛的位置。而愤怒的野水牛此时又大叫了一声，他的牛角已经刺穿了老勾德的衣服，只见树底下到处都是破烂的衣服。

不知道从哪里跑来了一群猴子,他们在树上跳来跳去,还有旁边的松鼠们就像是老鼠一样从树枝上跳到地上,然后又从地上跳回树枝上。一大群的鸟儿,好像有松鸡、苍鹭,还有鹦鹉在四周飞来飞去,然后和一些不知道藏在哪里的乌鸦、猫头鹰一起叫了起来。大家好像都被野水牛的叫声吓到了。而野水牛好像发现了老勾德,他朝着老勾德的方向攻击了过去。我终于看见了老勾德,他很镇定地站在那里,面对着野水牛。

老勾德应该是我遇到的所有人之中最冷静的一个了,即使是在最危急的情况下,他也能冷静地处理,真叫人佩服。

野水牛的两只后腿不停地在地上踢着,就好像是两把锋利的刀。接下来,野水牛突然往后退去,是套索把他拉了回去,套索的一端还牢牢地系在树干上呢!野水牛还在一次一次地尝试着往前,但是每次都被拉了回来。可是当野水牛再次这么做的时候,他的牛角发出了咔嚓一声,原来是那个绑着套索的牛角断了,就像是一根树枝折断了一样。原来拉得紧紧的套索也掉了下来,于是野水牛在巨大的惯性的作用下,一下子朝旁边冲了过去。他差点在地上打了个滚,他的腿也狠狠地撞在了一起。就在这个时候,老勾德立刻跳了出来。一看见老勾德,野水牛先稳住自己的身体,蹲坐在地上,同时用力地吸着气。当野水牛尝试着站起来的时候,老勾德用那把锋利的匕首刺进了野水牛的肩膀,这可是致命的一击。老勾德用尽全身的力气压住了那把匕首,所以匕首插得很深。野水牛痛得狂叫了起来,仿佛火山喷发一样,他的叫声震动了整个森林,接着他的声音变得越来越小。这一幕我还是不忍心看下去,于是我再次闭上了双眼。

几分钟之后,我从那棵树上跳了下来,那时候野水牛已经因为失血过多死了。野水牛躺在血泊中,老勾德在旁边坐着,擦着溅到他身上的野水牛的血迹。我知道他那个时候想要一个人待着,所以我又回到了之前的那棵树那里,然后叫着花颈鸽,可是花颈鸽并没有过来。我便又爬到了树上,可爬到最顶上也没有找到花颈鸽。他去哪儿了呢? 当我又爬下来的时候,老勾德已经把身上清理干净了。他指了指天空,我们看见了大自然中的那些清道夫,有飞得低低的鸢,他们的上面是秃鹰,他们都知道这里有什么动物死了,所以他们就飞来清理森林了。

老勾德说:"花颈鸽应该是回到寺庙里了。他肯定是之前和其他的鸟儿一起飞走的,我们一会儿也回去吧。"

在离开之前,我又走到了那个死掉的野水牛的身边看看他到底有多大。有很多的飞虫已经聚集到了野水牛的身上。野水牛有三米多长，他的前腿居然也将近一米长，真是一只巨大的动物！

在回去的路上，我和老勾德都沉默无语，直到接近中午的时候我们才说话。我们来到了那个遭受野水牛袭击的村庄，告诉他们的村长那只邪恶的野水牛已经死了。老村长听了之后松了一口气，他那时候还是很哀伤的，因为野水牛在前一晚杀死了他年迈的母亲。当时，村长的母亲是准备在日落的时候到村里的寺庙里去祈祷的，没想到遭遇了这样的不幸。

后来我们两个都饿了，便加快速度往回赶路，不久之后我们终于回到了寺庙。我一回去就问那里的僧人花颈鸽有没有回来，他们告诉我花颈鸽并没有回来。这下可把我急坏了，花颈鸽还能去哪里呢？他会不会有危险？后来我们在花颈鸽的笼子旁边聊天的时候，寺庙的住持对我们说："他现在和老勾德一样安全。"

他停顿了几分钟之后问老勾德："到底是什么让你的心觉得不安定？"

老勾德一开始没有回答，他静静地想了一会儿之后说："大师，其实并没有什么，我只想说：我不想伤害任何生命。我本来是打算活捉那只野水牛的，可是……唉，最后还是不得不杀了他。当他的牛角断了的时候，我没有其他的办法了，我只能用我的匕首给了他致命的一击。

我要是能把他抓回来，哪怕是送到动物园也好啊。他毕竟是一条生命，我真的很抱歉是这样的结果。"

我听老勾德说完忍不住叫了起来："你这样想也不对，看到那只野水牛死了我也很难过，可是我觉得他与其剩下来的日子都被关在动物园的笼子里，还不如就在大自然中死去。即使他活了下来，在动物园里过的也是生不如死的日子！"

听我说完，老勾德反驳我说："还不是因为你只绑住了他的一个牛角，要是两个都绑住了可能就不会是这样的结局了！"

这时，老住持突然说话了，他说："你们俩现在应该关心的是活着的花颈鸽，而不是为了一个死去的动物争吵。"

老勾德听了之后惭愧地说："是的，我们明天就去找他。"

可是老住持却说："不，你们应该先回登坛小镇，你们的家人现在很担心你们，我已经听见他们的想法了。"

我们听了大师的话，第二天便骑着两匹小马出发回家了。我们前进的速度很快，一路上在不同的站一天换两次马，尽量保持最快的速度。终于，三天之后，我们到达了登坛小镇。

就在我们朝着我家去的时候，我们还碰见了我家的一个仆人。看到他我真的很开心，好久没有见到他了。那个仆人告诉我说花颈鸽在三天之前就回家了，可是因为当时花颈鸽是独自飞回家的，并没有和我还有老勾德一起，所以我的父母一直很担心我，他们还叫了好多人去找我和老勾德。听到这里，我和老勾德急忙朝着我家跑了过去。

十分钟之后，我已经投进了我妈妈温暖的怀抱。花颈鸽呢，他调皮地站在了我的头上扑扇着翅膀，好像在欢迎我回家。

其实，得知花颈鸽已经飞回来的消息时，我非常激动。他终于再次飞了起来，不再害怕，也不再退缩了。当我和老勾德快到家的时候，我激动地在心里默念着："你是黑夜的灵魂，你是所有鸽子中最勇敢的一只！"

我们就这样结束了在辛加里拉的旅程，花颈鸽通过这次经历治好了他的病，老勾德也不再害怕和厌恶生活了。他们两个终于摆脱了战争给他们留下的阴影。只要是为了从那些生命的病态中拯救一个灵魂，我们所有的努力都是有价值的。

在故事的最后，我不想再拖拖拉拉地讲一些大道理，我最后想说的是："我们的想法和感觉会影响我们说的话和我们做的事。那些心中有恐惧的人，即使他是无意识的，或者是那些哪怕是在梦中有点害怕的人，他们

的行为迟早都会受恐惧的影响。因此，我们所有的人都
应该勇敢地生活、勇敢地呼吸，同样还要给周围的人带
去勇气。每天想着爱，感受着爱，这样你就会给自己带来
安宁和平静，就像是绽放的花朵散发出芳香一样，让一
切都变得平静！"